GOLDMANN

Buch

Alexander Rush könnte auch Sam Spade heißen. Er ist Privatdetektiv und besitzt eines jener typischen Büros, wie sie Dashiell Hammett seinen Schnüfflern so gerne einrichtet – leicht heruntergekommen, aber mit der rauhen Romantik des einsamen Helden. Aufgesucht hat ihn ein etwas verschreckt wirkender junger Mann, der sich um eine Bekannte sorgt, die von einer mysteriösen Person verfolgt wird. Rush geht der Sache auf den Grund und gerät dabei in eine Geschichte, die nach einigen unverhofften Wendungen ein blutiges Ende findet.

In den hier vorliegenden, neu entdeckten Stories erweist sich Dashiell Hammett einmal mehr als der Altmeister und Begründer des modernen Kriminalromans. Seine Prägnanz, seine ironische Distanz, sein Sarkasmus und seine Originalität sind unerreicht. Mit dem namenlosen Detektiv der Continental, der auch in diesem Band wieder neuen Fällen nachgeht, mit Sam Spade, mit Ned Beaumont, mit Nick und Nora Charles und seinen übrigen Helden hat er Charaktere geschaffen, die unverwechselbar sind.

Autor

Samuel Dashiell Hammett, geboren 1894, arbeitete mehrere Jahre für die Pinkerton-Detektivagentur, begann dann zu schreiben und veröffentlichte 1922 seine erste Geschichte in der Zeitschrift *Smart Set*, der noch viele weitere folgen sollten. Sein schriftstellerischer Durchbruch gelang ihm 1929 mit *Rote Ernte*, seinem ersten Roman. Noch im gleichen Jahr kam *Der Fluch des Hauses Dain* heraus, 1930 dann *Der Malteser-Falke*, 1931 *Der gläserne Schlüssel* und 1934 *Der dünne Mann*. Hammett starb 1961.

Dashiell Hammett

Der Komplize

Neu entdeckte Stories

Aus dem Amerikanischen
von Benjamin Schwarz

GOLDMANN VERLAG

Die Geschichten dieses Bandes erschienen zumeist erstmals in den zwanziger und dreißiger Jahren in unterschiedlichen Kriminalmagazinen. Übersetzungsgrundlage für die deutsche Ausgabe bildeten die Sammlungen »The Adventures of Sam Spade«, Spivak, New York 1944 (»Der Komplize«, »Nachtschatten«, »Der Richter lachte zuletzt«), »Dead Yellow Woman«, Spivak, New York 1947 (»Hotelschnüffler«, »Wer erschoß Bob Teal?«, »Die ganz große Kohle«, »Der Haarige«), »Nightmare Town«, Spivak, New York 1948 (»Albert Pastor kommt nach Hause«) und »Woman in the Dark«, Spivak, New York 1951 (»Glitschige Finger«).

Der Goldmann Verlag
ist ein Unternehmen der Verlagsgruppe Bertelsmann

Made in Germany · 2/92 · 1. Auflage
Genehmigte Taschenbuchausgabe

Umschlaggestaltung und -illustration: Design Team, München
Druck: Elsnerdruck, Berlin
Verlagsnummer: 41181
Lektorat: Ge
Herstellung: Ludwig Weidenbeck
ISBN 3-442-41181-5

Der Komplize

Inhalt

Der Komplize

Golden und mit schwarzen Kanten stand an der Tür: *Alexander Rush, Privatdetektiv.* Drinnen saß ein häßlicher Mann zurückgelehnt auf einem Stuhl, die Füße auf einem gelben Schreibtisch.

Das Büro war alles andere als hübsch. Es war nur spärlich möbliert, und die wenigen betagten Möbelstücke zeigten das abgewetzte Alter des gebraucht Gekauften. Ein in Auflösung befindliches graubraunes Teppichviereck bedeckte den Fußboden. An einer der gelblichbräunlichen Wände hing eine gerahmte Urkunde, die Alexander Rush die Genehmigung erteilte, gemäß bestimmten, rot numerierten Vorschriften in der Stadt Baltimore dem Beruf eines Privatdetektivs nachzugehen. Ein Plan der Stadt hing an einer anderen Wand. Unter ihm gähnte ein schwächliches Bücherregal, so klein es war, fast leer um seinen Inhalt: einen gelblichen Eisenbahnfahrplan, ein kleineres Hoteladreßbuch und die Straßenverzeichnisse und Telefonbücher von Baltimore, Washington und Philadelphia. Ein wackeliger Kleiderständer, an dem ein schwarzer Bowler und ein schwarzer Mantel hingen, stand neben einem weißen Ausguß in einer Ecke. Die vier Stühle im Zimmer paßten in nichts zueinander, es sei denn in ihrem Alter. Auf der zerschrammten Platte des Schreibtischs befanden sich außer den Füßen seines Besitzers ein Telefon, ein mit schwarzen Klumpen überzogenes Tintenfäßchen, ein Durcheinander von Papieren, die zum größten Teil mit Verbrechern zu tun hatten, die aus dem einen oder anderen Gefängnis entflohen waren, und ein ergrauter Aschenbecher, der so viel Asche und so viele ausgerauchte schwarze Zigarren enthielt, wie sie ein Aschenbecher seiner Größe nur fassen kann.

Ein häßliches Büro, dem sein Eigentümer in nichts nachstand.

Sein Kopf war feist und birnenförmig. Überaus grobschlächtig, breit und plump um den Unterkiefer herum, verengte er sich nach oben bis zu dem kurzgeschorenen graumelierten Haar, das über einer niedrigen, fliehenden Stirn aufrecht in die Höhe stand. Sein Teint war von sattem, ziemlich dunklem Rot, seine Haut lederig und rundlich über dicke Fettpolster gespannt. Diese grundsätzlichen Unschönheiten machten aber bei weitem nicht seine ganze Häßlichkeit aus. Irgendwas mußte mit seinen Gesichtszügen passiert sein.

Blickte man von der einen Seite auf seine Nase, erschien sie krumm. Von der anderen Seite sagte man sich, krumm sei nicht richtig, sie habe vielmehr überhaupt keine Form. Wie immer man auch über ihre Form dachte, Farbe konnte man ihr nicht absprechen. Etliche Adern waren zerschlagen worden, um die sowieso schon flammende Oberfläche mit leuchtendroten Sternen und Kringeln und rätselhaften Krakeln zu überziehen, die aussahen, als müßten sie irgendwelche geheimen Bedeutungen enthalten. Seine Lippen waren dick, zähhäutig. Zwischen ihnen wurde das messingfarbene Geglitzer zweier massiver Reihen Goldzähne sichtbar, von denen die untere die obere beinahe verschwinden ließ, dermaßen stand der bauchige Kiefer vor. Seine Augen – klein, tiefliegend und mit blaßblauer Iris – waren in einem Maße blutunterlaufen, daß man meinen konnte, er habe eine schwere Erkältung. Seine Ohren legten Rechenschaft ab über einige seiner jüngeren Jahre: es waren die verdickten, verkrümmten Blumenkohlohren eines Boxers.

Ein Mann von einpaarundvierzig, grundhäßlich, zurückgelehnt auf seinem Stuhl, die Füße auf dem Schreibtisch.

Die golden beschriftete Tür öffnete sich, und ein zweiter Mann betrat das Büro. Vielleicht zehn Jahre jünger als sein Gegenüber am Schreibtisch, war er, grob gesagt, alles, was der andere nicht war. Recht hochgewachsen, schlank, mit zartem Teint, braunäugig, hätte er aller Wahrscheinlichkeit nach den Blick in einem Spielkasino ebensowenig auf sich gezogen wie in einer Kunsthalle. Seine Garderobe – Anzug und Hut von dezentem Grau – war frisch und sorgfältig gebügelt, ja auf jene unaufdringliche Weise, die für eine ganz bestimmte Geschmackskategorie steht, sogar elegant. Sein Gesicht war gleicherweise unauffällig, was überraschend war, wenn man bedachte, wie knapp es wirkliche Schönheit durch den etwas zu schmal geratenen Mund verfehlte – das Kennzeichen eines allzu vorsichtigen Menschen.

Nach zwei Schritten in das Büro hinein zögerte er, während die braunen Augen zwischen den schäbigen Möbeln und dem abstoßenden Gesicht ihres Besitzers hin- und herwanderten. So viel Häßlichkeit schien den Mann in Grau aus der Fassung zu bringen. Ein entschuldigendes Lächeln trat auf seine Lippen, als wolle er im nächsten Moment murmeln: »Ich bitte um Entschuldigung, ich bin wohl im falschen Büro gelandet.«

Aber als er dann endlich den Mund aufmachte, sagte er etwas anderes. Er trat noch einen Schritt vor und fragte unsicher:

»Sie sind Mr. Rush?«

»Yeah.« Die Stimme des Detektivs war rauh und von einer heiseren Schroffheit, die den Ausdruck der schweren Erkältung in seinen Augen zu bestätigen schien. Er stellte seine Füße auf den Boden und zeigte mit einer ruckartigen Bewegung seiner fetten, roten Hand auf einen Stuhl. »Setzen Sie sich, Sir.«

Der Mann in Grau nahm vorsichtig und kerzengerade auf der vorderen Stuhlkante Platz.

»Also, was kann ich für Sie tun?« krächzte Alec Rush freundlich.

»Ich möchte – ich will – ich würde gern –«, und weiter als das sagte der Mann in Grau nichts.

»Vielleicht erzählen Sie mir einfach, was los ist«, schlug der Detektiv vor. »Dann weiß ich auch, was Sie von mir wollen«, und er lächelte.

Es lag Güte in Alec Rushs Lächeln, und dem konnte man sich nicht leicht entziehen. Klar, sein Lächeln war die grauenhafte Grimasse aus einem Alptraum, aber genau da lag sein Charme. Wenn irgendein Mensch mit einem freundlichen Gesicht lächelt, ist nicht viel gewonnen: es besagt wenig mehr als sein normaler Gesichtsausdruck. Aber wenn Alec Rush seine Menschenfressermaske verzog, so daß widersinnigerweise eine joviale Freundlichkeit aus seinen grimmigen roten Augen und aus seinem brutalen, metallbesetzten Mund hervorblitzte – dann war das eine ermutigende, einnehmende Angelegenheit.

»Ja, ich glaube, das wäre besser.« Der Mann in Grau rutschte weiter nach hinten auf den Stuhl, saß jetzt bequemer, weniger auf dem Sprung. »Gestern habe ich auf der Fayette Street eine – eine junge Frau getroffen, die ich kenne. Ich hatte – wir hatten uns seit Monaten nicht gesehen. Das gehört aber eigentlich nicht zur Sache. Und nachdem wir uns verabschiedet hatten – wir unterhielten uns ein paar Minuten –, sah ich einen Mann. Das heißt, er trat aus einer Tür und ging die Straße in derselben Richtung hinunter, die auch sie eingeschlagen hatte, und irgendwie kam mir der Gedanke, er folge ihr. Sie bog in die Liberty Street ein, und er tat dasselbe. Zahllose Menschen gehen genau diesen Weg, und die Vorstellung, daß er ihr folge, kam mir plötzlich dermaßen hirnverbrannt vor, daß ich sie aufgab und mich wieder meinen eigenen Dingen zuwandte.

Und doch wollte mir der Gedanke nicht aus dem Kopf. Mir schien, im Verhalten des Mannes habe etwas eigentümlich Gespanntes gelegen, und ganz gleich, wie oft ich mir sagte, das alles sei völlig absurd, die Sache beunruhigte mich auch weiterhin. Und so fuhr ich gestern abend, weil ich nichts Besonderes zu tun hatte, hinaus in die Gegend, wo sie – wo die junge Frau wohnt. Und da sah ich den Mann wieder. Er stand an einer Straßenecke, zwei Blocks von ihrem Haus entfernt. Es war derselbe Mann, da bin ich sicher. Ich wollte ihn beobachten, aber während ich noch einen Platz für meinen Wagen suchte, verschwand er, und dann konnte ich ihn nirgends mehr entdekken. Das ist der Sachverhalt. Würden Sie also die Sache überprüfen, herausfinden, ob er ihr wirklich folgt, und warum?«

»Sicher«, stimmte der Detektiv heiser zu, »aber haben Sie denn der jungen Dame oder irgend jemandem aus ihrer Familie nichts von all dem erzählt?«

Der Mann in Grau rutschte nervös auf seinem Stuhl herum und sah auf den fadenscheinigen graubraunen Teppich hinunter.

»Nein, das habe ich nicht. Ich wollte sie nicht beunruhigen, ihr Furcht einjagen, und möchte es noch immer nicht. Schließlich handelt es sich vielleicht um nichts als einen belanglosen Zufall, und – und – tja – ich kann nicht – das ist unmöglich! Ich hatte mir gedacht, daß Sie herausfinden, was, wenn überhaupt, da nicht stimmt, und es in Ordnung bringen, ohne daß ich bei der Sache in Erscheinung trete.«

»Vielleicht. Aber wohlgemerkt, ich sage noch nicht, daß ich's tun werde. Zuerst muß ich mehr wissen.«

»Mehr? Sie meinen, mehr – «

»Mehr über Sie und die junge Dame.«

»Aber es gibt nichts über uns zu sagen!« protestierte der Mann in Grau. »Es ist genauso, wie ich es Ihnen erzählt habe. Ich könnte noch hinzufügen, daß die junge Frau, äh – verheiratet ist und daß ich sie bis gestern seit ihrer Hochzeit nicht mehr gesehen hatte.«

»Dann ist Ihr Interesse an ihr – ?« Der Detektiv ließ die Frage unbeendet in der Luft hängen.

»Freundschaft – ehemalige Freundschaft.«

»Yeah. Und wer ist diese junge Frau?«

Der Mann in Grau rutschte wieder nervös herum.

»Hören Sie zu, Rush«, sagte er errötend. »Ich bin durchaus bereit, Ihnen alles zu erzählen, und werde es natürlich auch tun, aber ich möchte Ihnen nichts sagen, solange – es sei denn, Sie nehmen diese Geschichte für mich in die Hand. Ich meine, ich möchte ihren Namen nicht nennen, wenn – wenn Sie es nicht tun. Verstehen Sie?«

Alec Rush kratzte sich den angegrauten Kopf mit einem seiner kurzen, dicken Zeigefinger.

»Ich weiß nicht«, knurrte er. »Das will ich ja gerade rausfinden. Ich kann keinen Auftrag annehmen, der sonstwas sein könnte. Ich muß wissen, daß Sie offen und ehrlich sind.«

Verwirrung trübte die klaren, braunen Augen des Jüngeren.

»Aber ich dachte nicht, daß Sie –« Er verstummte und wandte seinen Blick von dem häßlichen Mann ab.

»Natürlich nicht.« Ein Glucksen schnarrte durch den massigen Hals des Detektivs, das Glucksen eines Menschen, der an einem ehemals wunden Punkt berührt wird, der nicht mehr empfindlich ist. Er hob seine feiste Hand, um seinen künftigen Klienten daran zu hindern, sich von seinem Stuhl zu erheben. »Lassen Sie mich raten, was Sie getan haben: Sie sind zu einer der großen Agenturen gegangen und haben denen Ihre Geschichte erzählt. Die aber wollten an die Sache nicht ran, es sei denn, Sie hätten denen alles erklärt, was da faul sein könnte. Dann stießen Sie auf meinen Namen und erinnerten sich, daß ich vor ein paar Jahren bei der Polizei rausgeflogen bin. ›Das ist mein Mann‹, sagten Sie sich, ›ein Bursche, der nicht so etepetete sein wird!‹«

Der Mann in Grau protestierte mit dem Kopf, den Händen und seiner Stimme, daß das nicht der Fall sei. Aber sein Blick war verlegen.

Wieder ließ Alec Rush sein rauhes Lachen hören und sagte: »Macht nichts. Ich bin da nicht empfindlich. Und egal, ob ich über politische Machenschaften rede und daß man aus mir den Sündenbock gemacht hat und all das, in den Akten steht, daß mich die Polizeibehörde wegen einer ganzen Latte von Verbrechen an die Luft gesetzt hat, einer Latte, die von hier bis nach Canton Hollow reicht. Na schön, Sir! Ich übernehme Ihren Auftrag. Die Sache klingt nicht koscher, aber vielleicht ist sie's doch. Sie wird Sie fünfzehn Eier pro Tag kosten, plus Spesen.«

»Ich sehe ein, daß sich das alles merkwürdig anhört«, versicherte der Jüngere dem Detektiv, »aber Sie werden feststellen, daß es völlig in Ordnung ist. Sie wollen sicher einen Vorschuß.«

»Ja, sagen wir fünfzig.«

Der Mann in Grau entnahm einer schweinsledernen Brieftasche fünf neue Zehndollarscheine und legte sie auf den Schreibtisch. Mit einem dicken Federhalter begann Alec Rush, schmierige Tintenzeichen auf ein Quittungsformular zu malen.

»Ihr Name?« erkundigte er sich.

»Lieber nicht. Ich möchte in der Sache nicht in Erscheinung treten. Mein Name spielt doch keine Rolle, oder?«

Alec Rush legte den Federhalter hin und schaute seinen Klienten mit gerunzelter Stirn an.

»Aber! Aber!« brummte er gutmütig. »Wie soll ich denn mit einem Menschen wie Ihnen Geschäfte tätigen?«

Der Mann in Grau bedauerte, war sogar zerknirscht, doch er blieb standhaft bei seiner Verschwiegenheit. Er wollte seinen Namen nicht nennen. Alec Rush protestierte knurrend, steckte aber die fünf Zehndollarnoten ein.

»Vielleicht ist es so besser für Sie«, räumte der Detektiv ein, schließlich kapitulierend, »allerdings spricht es nicht für Sie. Aber wenn Sie nicht ganz astrein wären, würden Sie, nehme ich an, sicher so clever sein, sich einen Decknamen auszudenken. Und diese junge Dame – wie heißt die?«

»Mrs. Hubert Landow.«

»Ja, na also, da haben wir ja endlich was! Und wo wohnt Mrs. Landow?«

»In der Charles-Street Avenue«, sagte der Mann in Grau und nannte eine Nummer.

»Ihre Beschreibung?«

»Sie ist zweiundzwanzig oder dreiundzwanzig Jahre alt, ziemlich groß, sportlich-schlank, hat kastanienbraunes Haar, blaue Augen und eine sehr weiße Haut.«

»Und ihr Mann? Kennen Sie ihn?«

»Ich habe ihn mal gesehen. Er ist ungefähr so alt wie ich – etwa dreißig –, aber größer, ein hochgewachsener breitschultriger Mann, einer von dieser korrekten, blonden Sorte.«

»Und Ihr geheimnisvoller Fremder? Wie sieht der aus?«

»Er ist ziemlich jung, nicht älter als höchstens zweiundzwanzig, und nicht sehr groß – mittelgroß vielleicht oder ein bißchen drunter. Er ist sehr dunkel, mit steilen Backenknochen und einer großen Nase. Hohe, gerade Schultern, aber nicht breit. Er bewegt sich mit kleinen, fast trippelnden Schritten.«

»Kleidung?«

»Er trug einen braunen Anzug und eine hellbraune Mütze, als ich ihn gestern nachmittag auf der Fayette Street sah. Wahrscheinlich hatte er gestern abend dasselbe an, aber genau weiß ich das nicht.«

»Sie werden wahrscheinlich hier vorbeikommen wollen, um sich meine Berichte anzuhören«, schloß der Detektiv, »da ich ja nicht weiß, wo ich sie Ihnen hinschicken soll?«

»Ja.« Der Mann in Grau erhob sich und streckte seine Hand aus. »Ich bin Ihnen sehr dankbar, daß Sie die Sache übernehmen, Mr. Rush.«

Alec Rush erwiderte, es sei schon gut. Sie schüttelten sich die Hände, und der Mann in Grau ging fort.

Der Detektiv wartete, bis sein Klient die Zeit gehabt hatte, in den Korridor abzubiegen, der zu den Fahrstühlen führte. Dann sagte er: »Na dann,

Mr. Unbekannt!«, stand von seinem Stuhl auf, nahm seinen Hut vom Kleiderständer in der Ecke, ging hinaus, schloß die Tür seines Büros hinter sich ab und lief die Hintertreppe hinunter.

Er lief mit der trügerisch schwerfälligen Behendigkeit eines Bären. Etwas Bärenhaftes lag auch in der Schlaffheit, mit der sein blauer Anzug ihm um seinen bulligen Körper hing, und in der Haltung seiner feisten Schultern – abfallenden, beweglichen Schultern, deren schlappes Äußeres allerdings viel von ihrer Massigkeit verbarg.

Er kam rechtzeitig im Erdgeschoß an, um noch den grauen Rücken seines Klienten zu sehen, wie er auf die Straße trat. Alec Rush schlenderte hinter ihm her. Zwei Blocks, eine Wendung nach links, ein weiterer Block und eine Wendung nach rechts. Der Mann in Grau verschwand im Büro einer Treuhandbank, die das Erdgeschoß eines großen Bürogebäudes einnahm.

Der Rest war nur noch ein Klacks. Ein halber Dollar an einen Portier: der Mann in Grau war Ralph Millar, zweiter Kassierer.

Es wurde dunkel in der Charles-Street Avenue, als Alec Rush in seinem bescheidenen schwarzen Coupé an der Adresse vorbeifuhr, die Ralph Millar ihm genannt hatte. Das Haus lag in der Dämmerung groß da, von seinen Nachbarn und der Straße durch wohlbemessene, umzäunte Rasenflächen abgegrenzt.

Alec Rush fuhr weiter, bog an der nächsten

Kreuzung links ab, an der nächsten wieder links, und an der nächsten noch einmal. Eine halbe Stunde lang fuhr er mit seinem Wagen eine vielwinklige, sich bald in die eine, bald in die andere Richtung wendende Strecke, bis er, als er endlich in einiger Entfernung, aber in Sichtweite des Landowschen Hauses an der Bordsteinkante hielt, durch jedes Stückchen Straße in der Umgebung dieses Hauses gekommen war.

Millars dunklen und hochschultrigen jungen Mann hatte er nicht gesehen.

Die Lichter brannten hell in der Charles-Street Avenue, und der Abendverkehr begann südwärts in die Stadt zu fließen. Alec Rushs schwerer Körper plumpste gegen das Steuerrad seines Coupés, während er das Wageninnere mit dem beißenden Rauch einer schwarzen Zigarre füllte und geduldig seine blutunterlaufenen Augen auf den Teil des Landow-Hauses gerichtet hielt, den er von seiner Position aus sehen konnte.

Eine Dreiviertelstunde verging, bis sich im Haus etwas rührte. Eine Limousine verließ die Garage, die auf der Rückseite des Gebäudes lag, und fuhr an der Haustür vor. Ein Mann und eine Frau, auf diese Entfernung nur schwach zu erkennen, kamen aus dem Haus und stiegen in die Limousine. Der Wagen bewegte sich hinaus in den stadteinwärts fließenden Verkehr. Der dritte Wagen hinter der Limousine war Alec Rushs bescheidenes Coupé.

Von einem gefährlichen Augenblick an der North Avenue abgesehen, als der sich dazwischendrängende Querverkehr ihn von seinem Wild zu trennen drohte, folgte Alec Rush der Limousine ohne Schwierigkeiten. Vor einem Filmtheater in der Howard Street entließ sie ihre Fracht: einen noch jungen Mann und eine junge Frau, beide groß, in Abendkleidung und in überzeugender Weise mit der Beschreibung übereinstimmend, die der Detektiv von seinem Klienten erhalten hatte.

Die Landows betraten das bereits dunkle Theater, während sich Alec Rush noch seine Eintrittskarte kaufte. Im Licht der ersten Pause entdeckte er die beiden wieder. Er stand von seinem Platz auf und begab sich in den hinteren Teil des Zuschauerraums, wo er einen Winkel fand, aus dem heraus er sie während der noch verbleibenden fünf beleuchteten Minuten genau betrachten konnte.

Hubert Landows Kopf war ziemlich klein für seine Statur, und das blonde Haar, mit dem er bedeckt war, drohte jeden Moment, aus der ihm auferlegten Glätte in krause Locken auszubrechen. Sein Gesicht, frisch und rotwangig, war auf eine muskulöse, sehr männliche Art hübsch und ließ auf keinerlei große geistige Beweglichkeit schließen. Seine Frau besaß die Schönheit, die keiner Aufzählungen bedarf – das Haar kastanienbraun, die Augen blau, die Haut weiß, doch sie sah ein oder zwei Jahre älter aus als die höchstens dreiundzwanzig, die Millar ihr zugestanden hatte.

Während die Pause noch andauerte, unterhielt sich Landow angeregt mit seiner Frau, und seine glänzenden Augen waren die Augen eines Liebhabers. Alec Rush konnte Mrs. Landows Augen nicht sehen, stellte aber fest, daß sie ihrem Mann ab und zu antwortete. Ihr Profil ließ keine ihm entsprechende Angeregtheit erkennen, bot allerdings auch kein Zeichen von Langeweile.

In der Mitte des zweiten Teils verließ Alec Rush das Kino, um sein Coupé in eine günstige Position zu bringen, aus der er die Abfahrt der Landows beobachten konnte. Aber ihre Limousine holte sie nicht ab, als sie das Theater verließen. Sie gingen zu Fuß die Howard Street hinunter und betraten ein ziemlich protziges, zweitklassiges Restaurant, in dem eine Miniband mittels äußerster Lautstärke dem Ohr erfolgreich ihre Winzigkeit verbarg.

Alec Rush parkte sein Coupé ganz in der Nähe, und im Lokal fand er einen Tisch, von dem aus er die beiden beobachten konnte, ohne selbst aufzufallen. Gatte umwarb Gattin noch immer mit unaufhörlichem, angeregtem Gespräch. Gattin war teilnahmslos, höflich, desinteressiert. Beide rührten das Essen vor sich kaum an. Einmal tanzten sie, wobei das Gesicht der Frau ebensowenig von unmittelbarem Interesse ergriffen schien wie zuvor, als sie den Worten ihres Gatten gelauscht hatte. Ein schönes Gesicht, aber leer.

Der Minutenzeiger auf Alec Rushs vernickelter Uhr hatte kaum den letzten Aufstieg des Tages von dort, wo man sich die VI denken muß, zur XII begonnen, als die Landows das Restaurant verließen. Die Limousine – an ihr lehnte rauchend ein junger Neger in einer Norfolkjacke – wartete zwei Türen weiter. Sie beförderte sie zurück in ihr Haus. Der Detektiv wartete, bis die beiden das Haus betraten und die Limousine wieder in der Garage stand, dann fuhr er von neuem kreuz und quer durch die benachbarten Straßen. Und sah nichts von Millars dunklem, jungem Mann. Schließlich fuhr er nach Hause und ging zu Bett.

Am nächsten Morgen waren der häßliche Detektiv und sein bescheidenes Coupé wieder vor dem Haus auf Posten. Mann an Mann steuerte die Charles-Street Avenue mit der Sonne zur Linken auf die Büros zu. Als der Morgen älter wurde und die Schatten kürzer und dicker, veränderten sich auch die Männer, die diese Morgenprozession bildeten. Gegen acht Uhr waren sie noch meist jung und schlank und energisch, gegen halb neun schon weniger, gegen neun dann noch weniger, und die Zehn-Uhr-Nachhut war überwiegend weder jung noch schlank und öfter eher träge als energisch.

In diese Nachhut, obwohl er seiner Erscheinung nach zu keiner späteren Zeit als halb neun gehörte, trug ein blauer Roadster Hubert Landow. Seine breiten Schultern bedeckte ein blauer Mantel, sein blondes Haar eine graue Mütze, und er saß allein in dem Sportwagen. Nach einem Rundblick, der ihn davon überzeugte, daß Millars dunkler, junger Mann nicht in Sicht war, steuerte Alec Rush sein Coupé hinter dem blauen Wagen her.

Sie fuhren rasch in die Stadt hinein und ins Finanzzentrum hinunter, wo Hubert Landow seinen Roadster in der Redwood Street vor dem Büro eines Börsenmaklers stehenließ. Aus dem Morgen war Mittag geworden, ehe Landow wieder auf der Straße erschien und mit seinem Roadster in Richtung Norden fuhr.

Als Beschatteter und Beschatter ihre Fahrt beendeten, befanden sie sich in der Mount Royal Avenue. Landow stieg aus seinem Wagen und betrat mit energischen Schritten ein großes Wohnhaus. Einen Block entfernt zündete sich Alec Rush eine schwarze Zigarre an und blieb ruhig in seinem Coupé sitzen. Eine halbe Stunde verging. Alec Rush drehte den Kopf und grub die Goldzähne tief in die Zigarre.

Keine fünf Meter hinter seinem Coupé, in der Einfahrt einer Garage, lungerte ein dunkler, junger Mann mit steilen Backenknochen und hohen, geraden Schultern herum. Seine Nase war groß, sein Anzug braun und ebenso auch seine Augen, mit denen er durch das dünne, blaue Rauchwölkchen, das aus der Spitze einer schlaff herabhängenden Zigarette aufstieg, nichts Besonderem seine Aufmerksamkeit zu schenken schien.

Alec Rush nahm seine Zigarre aus dem Mund, betrachtete sie und zog ein Taschenmesser hervor, um das zerbissene Ende abzuschneiden, steckte die Zigarre wieder in den Mund und das Messer in die Tasche und war danach ebenso uninteressiert an der ganzen Mount Royal Avenue wie der dunkle, junge Mann hinter ihm. Der eine döste in seiner Einfahrt, der andere in seinem Wagen. Und der Nachmittag kroch über ein Uhr, über halb zwei hinaus.

Hubert Landow kam aus dem Haus und verschwand rasch in seinem blauen Roadster. Sein Abgang setzte keinen der beiden fast reglosen Männer in Bewegung, die ihm kaum merklich mit ihren Augen folgten. Erst als weitere fünfzehn Minuten verstrichen waren, rührten sie sich beide.

Der dunkelhaarige junge Bursche verließ seine Einfahrt. Er bewegte sich ohne Eile, mit kurzen, fast trippelnden Schritten. Die schwarze Melone hinten auf Alec Rushs Kopf wies in Richtung des Jungen, als er an dem Coupé vorbeiging, was Zufall gewesen sein mag, denn niemand hätte sagen können, daß der häßliche Mann dem anderen seit dem ersten Erkennen auch nur einen Blick zugeworfen hätte. Der dunkle, junge Mann ließ seine Augen ohne Interesse auf der Rückseite des Detektivs ruhen, als er an ihm vorbeikam. Er ging die Straße hinauf, auf das Wohnhaus zu, dem Landow einen Besuch abgestattet hatte, stieg die Treppe hinauf und entschwand den Blicken.

Als der dunkle, junge Mann fort war, warf Alec Rush seine Zigarre weg, streckte sich, gähnte und setzte den Motor seines Wagens in Gang. Vier Blocks und zwei Querstraßen von der Mount Royal Avenue entfernt stieg er aus dem Auto und ließ es verschlossen und leer vor einer grauen Sandsteinkirche stehen. Er lief zur Mount Royal Avenue zurück und machte an einer Ecke, zwei Blocks oberhalb seines ersten Standortes halt.

Er mußte eine weitere halbe Stunde warten, ehe der dunkle, junge Mann wieder zum Vorschein kam. Alec Rush kaufte sich in einem Tabakladen mit einer großen Glasfront eine Zigarre, als der andere daran vorbeiging. Der junge Mann stieg in der North Avenue in eine Straßenbahn und fand einen Sitzplatz. Der Detektiv bestieg dieselbe Straßenbahn an der nächsten Ecke und blieb auf der hinteren Plattform stehen. Ein verräterisches Nach-vorn-Zucken von Schultern und Kopf des jungen Mannes ließ Alec Rush an der Madison Avenue als ersten Fahrgast aus der Bahn und dort ebenfalls als ersten in eine andere steigen, die in Richtung Süden fuhr. Und wieder war er an der Franklin Street der erste, der ausstieg.

Der dunkle, junge Mann ging geradewegs in eine Pension in dieser Straße, während der Detektiv an der Ecke neben dem Schaufenster eines auf Theaterschminke spezialisierten Drugstores stehenblieb. Dort lungerte er bis halb vier herum. Als der dunkle, junge Mann schließlich wieder auf der

Straße erschien, hieß es zu Fuß – Alec Rush hinter ihm her – zur Eutaw Street zu gehen, in eine Straßenbahn zu steigen und zur Camden Station zu fahren.

Im Wartesaal dort traf der dunkle, junge Mann auf eine junge Frau, die ihn wütend ansah und fragte:

»Wo zum Teufel hast du dich denn rumgetrieben?«

Als er an ihnen vorbeiging, hörte der Detektiv zwar diese gereizte Begrüßung, aber die Antwort des jungen Mannes war zu leise, als daß er sie hätte verstehen können, er hörte auch nichts mehr von dem, was die junge Frau weiter sagte. Sie sprachen vielleicht zehn Minuten miteinander, während derer sie in einer menschenleeren Ecke des Wartesaals beisammenstanden, so daß Alec Rush sich ihnen nicht hätte nähern können, ohne aufzufallen.

Die junge Frau schien ungeduldig, eilig zu sein. Der junge Mann schien zu erklären, zu beruhigen. Ab und zu gestikulierte er mit den schmutzigen, flinken Händen eines erfahrenen Mechanikers. Seine Gefährtin wurde netter. Sie war klein, stämmig, als sei sie auf ökonomische Weise aus einem Würfel gemeißelt worden. Folgerichtig war ihre Nase ebenfalls kurz und ihr Kinn gedrungen. Sie hatte alles in allem, jetzt, da ihre Verstimmung sich legte, ein fröhliches Gesicht, ein keckes, streitlustiges, heißblütiges Gesicht, das unerschöpfliche Vitalität verhieß. Diese Verheißung lag in ihrer ganzen Person, von den energiegeladenen Spitzen ihres kurzen, braunen Haars bis zu den fest auf dem Zementboden stehenden Füßen. Ihre Kleider waren dunkel, unauffällig, teuer, wurden aber keineswegs mit allzugroßer Anmut getragen, sondern hingen nur, hier und da andeutungsweise leger, an ihrem massiven Körper.

Mehrmals heftig nickend tippte der junge Mann endlich mit zwei Fingern sorglos gegen sein Mützenschild und ging hinaus auf die Straße. Alec Rush ließ ihn unbeschattet ziehen. Aber als die junge Frau langsam zu den eisernen Türen der Bahnsteighalle ging, an ihnen entlang zum Gepäckschalter, von da zum Ausgang und schließlich aus dem Bahnhof trat, war er hinter ihr. Und er befand sich noch immer hinter ihr, als sie sich in der Lexington Street in die Vier-Uhr-Käufermenge mischte.

Die junge Frau machte ihre Einkäufe mit der konzentrierten Miene eines Menschen, der an nichts anderes denkt. Im zweiten Warenhaus, das sie betrat, ließ Alec Rush sie eine Auslage von Klöppelspitzen betrachten, während er sich so rasch und direkt, wie es die sich dazwischendrängenden Kunden nur zuließen, auf eine hochgewachsene, breitschultrige, grauhaarige Frau in Schwarz zubewegte, die am Fuß einer Treppe auf jemanden zu warten schien.

»Hallo, Alec!« sagte sie, als er nach ihrem Arm

griff, und ihre humorvollen Augen blickten ihm ehrlich erfreut in sein abstoßendes Gesicht. »Was treibst du denn in meinem Revier?«

»Hab 'ne Ladendiebin für dich«, flüsterte er. »Das untersetzte Mädel in Blau am Spitzentresen. Siehst du sie?«

Die Ladendetektivin sah hinüber und nickte.

»Ja. Danke, Alec. Du bist dir doch sicher, daß sie klaut?«

»Also, Minnie!« beschwerte er sich und schaltete seine rauhe Stimme zu einem metallischen Knurren herunter. »Würde ich dir 'n falschen Tip geben? Sie hat 'n paar Seidensachen geklaut, und es ist mehr als wahrscheinlich, daß sie inzwischen auch einige von den Spitzen eingesteckt hat.«

»Aha«, sagte Minnie. »Na, wenn sie ihren Fuß auf den Bürgersteig setzt, bin ich bei ihr.«

Wieder legte Alec Rush der Ladendetektivin seine Hand auf den Arm.

»Ich will mehr über sie erfahren«, sagte er. »Was meinst du, hängen wir uns an ihre Fersen und sehen mal, was sie so vorhat, ehe wir sie festnehmen?«

»Wenn's nicht den ganzen Tag dauert«, stimmte die Frau zu. Und als das stämmige Mädchen in Blau kurz darauf die Spitzen und den Laden verließ, folgten ihr die Detektive in ein anderes Geschäft, wobei sie sich zu weit hinter ihr hielten, um irgendwelche Diebereien beobachten zu können, die sie möglicherweise beging, aber zufrieden, sie unter Aufsicht zu haben. Von diesem letzten Geschäft aus begab sich ihr Opfer in die Pratt Street, wo sie am schäbigsten ist, und betrat ein noch schäbigeres dreistöckiges Haus mit möblierten Wohnungen.

Zwei Querstraßen entfernt bog ein Polizist um die Ecke.

»Sieh dich mal in der Bude um, während ich den Polypen hole«, befahl Alec Rush.

Als er mit dem Polizisten zurückkam, wartete die Ladendetektivin im Vestibül.

»Zweiter Stock«, sagte sie.

Hinter ihr stand die Haustür offen und ließ eine dunkle Eingangshalle und den Fuß einer mit einem zerlumpten Teppich belegten Treppe erkennen. In dieser trostlosen Halle erschien eine schlampige, magere Frau in einem zerknitterten farblosen Baumwollkleid, die beim Näherkommen weinerlich fragte: »Was wünschen Sie? Ich habe ein anständiges Haus, das will ich Ihnen mal sagen, und ich –«

»Ein stämmiges Mädchen mit dunklen Augen wohnt hier«, krächzte Alec Rush. »Im zweiten Stock. Bringen Sie uns rauf.«

Das hagere Gesicht der Frau legte sich in erschrockene Falten, ihre ausgeblichenen Augen waren weit aufgerissen, als halte sie das Rauhe in der Stimme des Detektivs irrtümlich für die Schroffheit einer mächtigen Wut.

»Na – na –«, stotterte sie, und dann fiel ihr der

erste Leitsatz in der Führung zwielichtiger Pensionen wieder ein: niemals der Polizei im Weg zu stehen. »Ich bring Sie rauf«, willigte sie ein, und indem sie ihren zerknitterten Rock mit einer Hand leicht anhob, ging sie voran, die Treppe hinauf.

Ihre spitzen Finger klopften an eine Tür gleich am Kopf der Treppe.

»Wer ist da?« fragte eine gleichgültig barsche Frauenstimme.

»Die Hauswirtin.«

Das untersetzte Mädchen in Blau, jetzt ohne ihren Hut, öffnete die Tür. Alec Rush schob seinen mächtigen Fuß nach vorn, um sie offenzuhalten, und die Hauswirtin sagte: »Das ist sie«, und der Polizist sagte: »Sie müssen mitkommen«, und Minnie sagte: »Liebchen, wir möchten mal reinkommen und uns mit Ihnen unterhalten.«

»Mein Gott!« rief das Mädchen. »Es würde genauso viel Sinn ergeben, wenn Sie allesamt laut ›Buh!‹ schreien und auf mich losgehen würden.«

»Sie verstehen uns falsch«, schnarrte Alec Rush und zeigte sein abscheulich freundliches Grinsen. »Gehn wir rein, damit wir drüber reden können.«

Indem er seine gelenkige Masse lediglich um einen Schritt in diese, einen halben Schritt in jene Richtung bewegte, sein häßliches Gesicht mal diesem, mal jenem zuwandte, verteilte er die kleine Gruppe so, wie es ihm paßte, schickte die Vermieterin unbefriedigt weg und führte die anderen in das Zimmer des Mädchens.

»Wohlgemerkt, ich habe keine Ahnung, was das alles soll«, sagte das Mädchen, als sie in ihrem Wohnzimmer waren, einem schmalen Raum, in dem Blau und Rot sich in den Haaren lagen, ohne sich auch nur einmal auf Lila zu einigen. »Es ist leicht, mit mir gut auszukommen, und wenn Sie meinen, das hier ist ein netter Ort, um über das zu reden, worüber Sie reden wollen, nur zu! Aber wenn Sie erwarten, daß ich ebenfalls den Mund aufmache, klären Sie mich besser auf.«

»Diebstahl, Liebchen«, sagte Minnie, lehnte sich vor und tätschelte dem Mädchen den Arm. »Ich bin bei Goodbody's.«

»Sie denken, ich hab was geklaut? Ist es das, was Sie glauben?«

»Ja. Genau. Hm-Hm. Genau das isses.« Alec Rush ließ in dem Punkt keine Zweifel aufkommen.

Das Mädchen kniff die Augen zusammen, zog den roten Mund kraus und blinzelte den häßlichen Mann von der Seite an.

»Da hab ich nichts dagegen«, verkündete sie, »wenn Goodbody's nur ordentlich auf mich losgeht – dann hab ich bald jemand, den ich auf 'ne Million verklagen kann, wenn die Sache platzt. Ich hab nichts zu sagen. Nehmen Sie mich ruhig mit.«

»Das tun wir auch, Kleine«, schnarrte der häßliche Mann gutmütig. »Das kann Ihnen keiner ersparen. Aber haben Sie was dagegen, wenn ich mich vorher noch 'n bißchen in Ihrer Wohnung umsehe?«

»Ham Sie was mit 'ner Richterunterschrift drauf, was besagt, Sie können?«

»Nein.«

»Dann nicht ein Blick!«

Alec Rush gluckste vergnügt in sich hinein, bohrte die Hände in seine Hosentaschen und begann, durch die Räume zu spazieren. Es gab drei. Kurz darauf kam er mit einem Foto in einem Silberrahmen aus dem Schlafzimmer.

»Wer ist das hier?« fragte er das Mädchen.

»Versuchen Sie's doch selber rauszukriegen!«

»Tu ich ja gerade!« log er.

»Sie große Niete!« sagte sie. »Sie würden nicht mal im Meer 'n Schluck Wasser finden!«

Alec Rush lachte rauh und herzlich. Er konnte sich's leisten. Das Foto in seiner Hand zeigte Hubert Landow.

Dämmerung umgab die graue Sandsteinkirche, als der Besitzer des verlassenen Coupés zu ihm zurückkehrte. Das untersetzte Mädchen – Polly Vanness war der Name, den sie angegeben hatte – war verwarnt und in eine Zelle im Polizeirevier im Südwesten verfrachtet worden. Man hatte in ihrer Wohnung Riesenmengen gestohlener Sachen gefunden. Die Beute dieses Nachmittags trug sie noch am Leibe, als Minnie und eine Polizeibeamtin sie durchsuchten. Eine Aussage hatte sie verweigert. Der Detektiv hatte ihr nichts davon gesagt, daß er wußte, wen das Foto darstellte, und daß sie sich auf dem Bahnhof mit dem dunklen, jungen Mann getroffen hatte. Nichts von den Dingen, die in ihrer Wohnung gefunden wurden, warf ein Licht auf eine dieser beiden Geschichten.

Alec Rush hatte bereits sein Abendessen zu sich genommen, als er zu seinem Wagen zurückkehrte und zur Charles-Street Avenue hinausfuhr. Wie am Abend zuvor brannten die Lichter im Haus der Landows, als er daran vorbeikam. Ein kleines Stück entfernt wendete er sein Coupé, so daß es mit der Nase in Richtung Stadt zeigte, und hielt in Sichtweite des Hauses an einer von Bäumen verdunkelten Stelle am Straßenrand.

Die Nacht kroch weiter und niemand verließ oder betrat das Haus.

Fingernägel klickten gegen die Fensterscheibe des Coupés.

Ein Mann stand da. In der Dunkelheit konnte nichts über ihn gesagt werden, außer daß er nicht groß war und daß er, um bis jetzt der Aufmerksamkeit des Detektivs entgangen zu sein, sich von hinten heimlich an den Wagen herangeschlichen haben mußte.

Alec Rush streckte eine Hand aus, und die Tür schwang auf.

»Haben Sie 'n Streichholz?« fragte der Mann.

Der Detektiv zögerte, sagte: »Ja«, und hielt ihm eine Schachtel hin.

Ein Streichholz wurde angerieben und leuchtete in ein dunkles, junges Gesicht: große Nase, steile Backenknochen – der junge Mann, den Alec Rush am Nachmittag beschattet hatte.

Der dunkle, junge Mann war es dann aber, der das Wiedererkennen in Worte kleidete.

»Ich dachte mir, daß Sie's wären«, sagte er schlicht, als er das brennende Streichholz an seine Zigarette hielt. »Vielleicht kennen Sie mich nicht, aber ich habe Sie schon gekannt, als Sie noch bei der Polizei waren.«

Der ehemalige Kriminalsergeant gab bis auf ein rauhes »Yeah« keinen Kommentar ab.

»Ich dachte mir, daß Sie's waren, in der Menge auf der Mount Royal heute nachmittag, aber ich konnte es nicht nachprüfen«, fuhr der junge Mann fort, stieg in das Coupé, setzte sich neben den Detektiv und machte die Tür zu. »Scuttle Zeipp mein Name. Ich bin nicht so bekannt wie Napoleon, und falls Sie noch nichts von mir gehört haben, kein Groll.«

»Yeah.«

»So isses recht! Ist Ihnen mal 'ne gute Antwort eingefallen, bleiben sie dabei.« Scuttle Zeipps Gesicht glich in der Glut seiner Zigarette plötzlich einer Bronzemaske. »Dieselbe Antwort reicht auch auf meine nächste Frage: Sie sind interessiert an diesen Landows hier? Yeah«, setzte er hinzu und ahmte dabei heiser die Stimme des Detektivs nach.

Ein weiterer Zug aus der Zigarette erhellte sein

Gesicht, und während die Glut schwächer wurde, kamen seine Worte rauchend hervor.

»Sie sollten eigentlich daran interessiert sein, was ich will, wenn ich mich hier so rumtreibe. Ich bin da nicht heikel, ich sag's Ihnen gerne. Mir ist 'n halber Riese zugeschoben worden, damit ich das Mädel abknalle – gleich zweimal. Wie gefällt Ihnen das?«

»Ich höre zu«, sagte Alec Rush. »Aber so kann jeder reden, wenn er nur den Text kennt.«

»Reden? Natürlich rede ich«, räumte Zeipp gutgelaunt ein. »Aber schließlich redet auch der Richter, wenn er sagt: ›Am Hals aufgehängt, bis der Tod eintritt, und Gott sei deiner Seele gnädig!‹ Vieles ist Gerede, aber das hindert's nicht immer dran, Wirklichkeit zu sein.«

»Yeah?«

»Yeah, Mann, yeah! Jetzt hören Sie zu: das ist vertraulich. Ein gewisses Individuum kommt vor ein paar Tagen zu mir mit einem Vorschlag von einem Kunden, der mich kennt. Verstehen Sie? Dieses gewisse Individuum fragt mich, was ich dafür verlange, 'n Weibsbild abzuknallen. Ich dachte, ein Riese wäre in Ordnung, und das hab ich auch gesagt. Zu teuer. Wir einigen uns auf fünfhundert. Zweihundertfünfzig auf die Hand und den Rest, wenn das Landow-Flittchen kaltgemacht ist. Nicht so schlecht für 'ne gemütliche Nummer – 'ne Kugel von der Seite durch 'n Wagen, hä?«

»Na, und worauf wartest du?« fragte der Detektiv. »Willst du 'ne ganz tolle Kiste draus machen – und sie an ihrem Geburtstag oder an 'nem gesetzlichen Feiertag umlegen?«

Scuttle Zeipp leckte sich die Lippen und bohrte dem Detektiv im Dunkeln einen Finger in die Brust.

»Keins von beiden, Mann! Ich bin Ihnen in Gedanken weit voraus! Hören Sie zu: Ich stecke meine zweihundertfünfzig Anzahlung ein und komme hierher, um mir die Gegend gründlich anzusehen, weil ich nicht auf irgendwas stoßen will, von dem ich nicht weiß, daß es hier ist. Während ich so rumstöbere, werde ich auf ein anderes Individuum aufmerksam, das hier ebenfalls rumstöbert. Dieses zweite Individuum stolpert auch über mich, ich rede geschickt um die Sache rum, und zack! Das erste, was ich höre, sie schlägt mir was vor. Und was glauben Sie? Sie möchte wissen, was ich dafür verlange, ein Weibsstück abzuknallen! Ist es dieselbe, die *sie* umgelegt haben möchte? Im Vertrauen, es ist so!

Ich bin ja nicht dämlich! Ich kriege noch mal zweihundertundfünfzig Eier auf die Hand, und noch mal das gleiche, wenn ich die Chose durchziehe. Na, und meinen Sie jetzt, ich werde dieser Landow-Puppe was antun? Sie sind blöd, wenn Sie das denken. Sie ist meine Einnahmequelle. Wenn sie am Leben bleibt, bis ich sie abknalle, ist sie älter als Sie oder die Bucht da draußen. Bis jetzt habe ich fünfhundert für sie gekriegt. Wer hindert mich, hier in der Nähe zu bleiben und auf noch mehr Kunden zu warten, die sie nicht mögen? Wenn schon zwei bezahlen wollen, um sie aus der Welt zu schaffen, warum nicht noch mehr? Die Antwort lautet: ›Yeah!‹ Und obendrein sind Sie plötzlich hier und schnüffeln um sie rum. Jetzt ist es an Ihnen, Mann, zu prüfen und zu schmecken und zu riechen.«

Das Schweigen in der Dunkelheit des Coupé-Innenraums dauerte mehrere Minuten, und dann stellte die heisere Stimme des Detektivs eine zweifelnde Frage:

»Und wer sind diese gewissen Individuen, die sie aus dem Weg räumen lassen wollen?«

»Nun mal halblang!« mahnte ihn Scuttle Zeipp. »Ich quatsche über sie, ganz recht, aber ich werfe sie Ihnen nicht zum Fraß vor.«

»Warum erzählst du mir dann das Ganze?«

»Warum? Weil Sie irgendwo mit in der Sache drinstecken. Wenn wir uns gegenseitig in die Quere kommen, macht keiner von uns auch nur 'n mageren Schnitt. Wenn wir uns nicht zusammentun, ruinieren wir uns das Geschäft bloß gegenseitig. Ich habe aus dieser Landow schon 'n halben Riesen rausgeholt. Der ist meiner, aber da ist noch mehr zu holen von 'n paar Leuten, die wissen, was sie wollen. Na schön. Ich biete an, mit Ihnen gemeinsame Sache zu machen, bei gegenseitiger Beteiligung an allem, was wir noch rausschlagen können. Aber meine Kunden bleiben draußen! Ich finde nichts dabei, sie fallenzulassen, aber ich bin nicht so ein Schwein, um für Sie mit dem Finger auf sie zu zeigen.«

Alec Rush grunzte und krächzte eine zweite skeptische Frage:

»Warum vertraust du mir so sehr, Scuttle?«

Der gekaufte Killer lachte durchtrieben.

»Warum nicht? Sie sind 'n prima Kerl. Sie erkennen 'n Profit, wenn er Ihnen gezeigt wird. Man hat Sie doch nicht aus der Polizei rausgeschmissen, weil Sie vergessen haben, Ihre Socken aufzuhängen. Und angenommen, Sie wollen mich aufs Kreuz legen, was können Sie schon tun? Sie können nichts beweisen. Ich habe Ihnen gesagt, ich will der Frau keinen Schaden antun. Ich hab nicht mal 'ne Pistole. Aber das ist alles Gerede. Sie sind 'n kluger Kopf, Sie wissen, woran Sie sind. Ich und Sie, Alec, wir können reich werden!«

Wieder Stille, bis der Detektiv langsam, nachdenklich sagte:

»Das erste wäre, etwas über die Gründe zu erfahren, warum deine Kunden das Mädel umgebracht haben wollen. Weißt du was darüber?«

»Keine Silbe.«

»Beides Frauen, nehme ich an.«

Scuttle Zeipp zögerte. »Ja«, gab er zu. »Aber fragen Sie mich nichts weiter über sie. Erstens weiß ich nichts, und zweitens würde ich nichts über sie verraten, wenn ich was wüßte.«

»Yeah«, krächzte der Detektiv, als verstünde er

die Loyalität seines Gefährten vollkommen. »Aber wenn es Frauen sind, besteht die Möglichkeit, daß die Sache mit 'nem Mann zusammenhängt. Was hältst du von Landow? Ist 'n hübscher Bursche.«

Scuttle Zeipp beugte sich vor, um dem Detektiv wieder den Finger auf die Brust zu setzen.

»Sie haben's Alec! Das könnte sein, verdammt, wenn's das nicht sein könnte!«

»Yeah«, stimmte Alec Rush zu und machte sich an den Hebeln seines Wagens zu schaffen. »Wir hauen hier ab und bleiben weg, bis ich ihn mir genauer angesehen habe.«

In der Franklin Street, einen halben Block von der Pension entfernt, in die er den jungen Mann am Nachmittag hatte verschwinden sehen, hielt der Detektiv sein Coupé an.

»Willst du hier aussteigen?« fragte er.

Scuttle Zeipp blickte dem Älteren forschend seitwärts ins häßliche Gesicht.

»Schon gut«, sagte der junge Mann, »aber Sie sind ein verdammt guter Rater, trotzdem.« Er blieb sitzen, eine Hand an der Tür. »Also abgemacht, nicht wahr, Alec? Fifty-fifty?«

»Das würde ich nicht sagen«, grinste ihn Alec Rush mit schrecklicher Gutmütigkeit an. »Du bist kein schlechter Kerl, Scuttle, und wenn irgendwo was raushängt, kriegst du dein Teil, aber verlaß dich nicht darauf, daß ich mit dir gemeinsame Sache mache.«

Zeipps Augen zuckten zu Schlitzen zusammen, und seine Lippen zogen sich von seinen gelben Zähnen zurück, die übereck standen.

»Du läßt mich hängen, du verdammter Gorilla, aber ich werde – « Er lachte die Drohung beiseite, und schon war sein Gesicht wieder jung und sorglos. »Mach's, wie du denkst, Alec. Ich hab keinen Fehler gemacht, als ich mich auf dich eingelassen habe. Was du sagst, wird gemacht.«

»Yeah«, stimmte der häßliche Mann zu. »Laß die Finger von dem Laden da draußen, bis ich dir's sage. Vielleicht kommst du am besten morgen mal bei mir vorbei. Im Telefonbuch steht, wo mein Büro ist. Bis dann, Kleiner.«

»Bis dann, Alec.«

Am Morgen machte Alec Rush sich daran, Erkundigungen über Hubert Landow einzuholen. Zuerst fuhr er ins Rathaus, wo er die grauen Bücher überprüfte, in denen die staatlichen Heiratserlaubnisse verzeichnet sind. Hubert Britman Landow und Sara Falsoner hatten vor sechs Monaten die Ehe geschlossen, erfuhr er.

Der Mädchenname der Braut brachte das Rot in den blutunterlaufenen Augen des Detektivs zum Schwellen. Luft zischte scharf aus seinen plattgeschlagenen Nasenlöchern. »Yeah! Yeah!« sagte er so krächzend zu sich, daß ihn ein spilleriger Anwaltsgehilfe, der neben ihm mit anderen Akten herumtrödelte, erschrocken ansah und ein Stückchen von ihm wegrückte.

Vom Rathaus führte ihn der Mädchenname der Braut zu zwei Zeitungskontoren, wo er sich nach genauer Durchsicht der Ordner einen Armvoll sechs Monate alter Zeitungen kaufte. Er trug die Zeitungen in sein Büro, breitete sie auf seinem Schreibtisch aus und rückte ihnen mit einer großen Schere zu Leibe. Als die letzte zerschnitten und beiseite geräumt war, lag ein dickes Bündel Zeitungsausschnitte vor ihm.

Alec Rush ordnete die Ausschnitte in chronologischer Reihenfolge, zündete sich eine schwarze Zigarre an, stemmte die Ellbogen auf den Tisch, seinen häßlichen Kopf zwischen die Handflächen, und machte sich an die Lektüre einer Geschichte, die das zeitungslesende Baltimore vor einem halben Jahr in- und auswendig gekannt hatte.

Von Nebensächlichkeiten und früheren Abschweifungen befreit, lautete die Story im wesentlichen folgendermaßen:

Jerome Falsoner, fünfundvierzig Jahre alt, war ein Junggeselle, der allein in einer Mietwohnung in der Cathedral Street wohnte, und das mit einem Einkommen, das mehr als ausreichend für seine Bequemlichkeit war. Er war ein hochgewachsener Mann, doch von zarter Gesundheit, möglicherweise das Ergebnis eines exzessiven Genußlebens bei einer Konstitution, die von vornherein nicht allzu stark gewesen war. Zumindest vom Sehen war er allen Nachtschwärmern Baltimores wohlbekannt, ebenso denen, die regelmäßig die Pferderennbahn, die einschlägigen Spielhöllen und all die anderen heimlichen Lasterhöhlen besuchten, die hin und wieder für wenige kurze Stunden auf den vierzig Meilen platten Landes zwischen Baltimore und Washington aus dem Boden sprießen.

Eine gewisse Fanny Kidd, die, wie üblich, eines Morgens früh um zehn gekommen war, um Jerome Falsoners Wohnung zu »machen«, fand ihn auf dem Rücken liegend in seinem Wohnzimmer, mit toten Augen auf einen Punkt an der Decke starrend, einen hellen Punkt reflektierten Sonnenlichts, das sich am Griff eines Brieföffners brach, der ihm aus der Brust ragte.

Die polizeiliche Untersuchung brachte vier Dinge zutage:

Erstens, Jerome Falsoner war bereits vierzehn Stunden tot, als Fanny Kidd ihn fand, was den Zeitpunkt seiner Ermordung auf etwa acht Uhr des vorangegangenen Abends fixierte.

Zweitens, die letzten Personen, von denen man wußte, daß sie ihn lebend gesehen hatten, waren eine Frau namens Madeline Boudin, mit der er eng befreundet gewesen war, und drei ihrer Freunde. Sie hatten ihn, lebend, irgendwann zwischen halb acht und acht gesehen, das heißt, weniger als eine halbe Stunde vor seinem Tod. Sie waren unterwegs zu einem Landhaus am Severn River gewesen, und Madeline Boudin hatte den anderen gesagt, sie wolle vorher noch bei Falsoner vorbeischauen. Die drei waren im Wagen sitzengeblieben, während sie an der Haustür klingelte. Jerome Falsoner öffnete, und sie ging hinein. Zehn Minuten später kam sie wieder zu ihren Freunden heraus. Jerome Falsoner begleitete sie bis an die Tür und winkte einem der Männer im Wagen zu, einem gewissen Frederick Stoner, der Falsoner oberflächlich kannte und irgendwie mit der Staatsanwaltschaft in Verbindung stand. Zwei Frauen, die sich auf der Treppe eines Hauses auf der gegenüberliegenden Straßenseite unterhielten, hatten Falsoner ebenfalls gesehen, und sie hatten beobachtet, wie Madeline Boudin und ihre Freunde weggefahren waren.

Drittens, Jerome Falsoners Erbin und einzige nahe Verwandte war seine Nichte Sara Falsoner, die durch eine Laune des Zufalls Hubert Landow genau in der Stunde heiratete, in der Fanny Kidd den Leichnam ihres Arbeitgebers fand. Nichte und Onkel hatten einander selten gesehen. Für die Nichte – denn der Verdacht der Polizei richtete sich kurze Zeit auf sie – konnte zweifelsfrei nachgewiesen werden, daß sie von sechs Uhr am Mordabend bis um halb neun am nächsten Morgen zu Hause in ihrer Wohnung in der Carey Street gewesen war. Ihr Gatte, damals ihr Verlobter, war an dem Abend von sechs bis elf bei ihr gewesen. Vor ihrer Eheschließung hatte das Mädchen als Stenotypistin bei derselben Bank gearbeitet, bei der auch Ralph Millar beschäftigt war.

Viertens, Jerome Falsoner, der in seinen Launen

nicht gerade der Ausgeglichenste war, hatte sich zwei Tage, bevor er ermordet wurde, mit einem Isländer namens Einer Jokumsson in einer Spielhölle gestritten. Jokumsson hatte ihm gedroht. Jokumsson – ein kleiner, schwer gebauter Mann mit dunklem Haar und dunklen Augen – war am Tage, als die Leiche gefunden wurde, unter Zurücklassung seines Gepäcks aus dem Hotel verschwunden und seitdem nicht mehr gesehen worden.

Als Alec Rush auch den letzten Zeitungsausschnitt gründlich studiert hatte, lehnte er sich auf seinem Stuhl mit einem Ruck nach hinten und machte ein nachdenkliches Monstergesicht in Richtung Decke. Gleich darauf beugte er sich wieder vor, um ins Telefonbuch zu schauen und die Nummer von Ralph Millars Treuhandbank zu wählen. Aber als er die Verbindung hatte, überlegte er es sich anders.

»Nichts für ungut«, sagte er in den Apparat und rief die Nummer an, die zum Warenhaus Goodbody's gehörte. Als Minnie ans Telefon kam, erzählte sie ihm, daß Polly Vanness als eine gewisse Polly Bangs identifiziert worden sei, die man bereits vor zwei Jahren in Milwaukee wegen Ladendiebstahls verhaftet und zu zwei Jahren Gefängnis verurteilt habe. Minnie berichtete auch, Polly Bangs sei an diesem Morgen in der Frühe gegen Kaution auf freien Fuß gesetzt worden.

Alec Rush schob das Telefon zurück und sah noch einmal seine Zeitungsausschnitte durch, bis er die Adresse von Madeline Boudin fand, der Frau, die Falsoner so kurz vor seinem Tode einen Besuch abgestattet hatte. Es war eine Nummer in der Madison Avenue. Dorthin trug sein Coupé den Detektiv.

Nein, Miss Boudin wohne nicht hier. Ja, sie habe hier gewohnt, sei aber vor vier Monaten ausgezogen. Vielleicht wisse Mrs. Blender im dritten Stock, wo sie jetzt wohne. Mrs. Blender wußte es nicht. Sie wußte zwar, daß Miss Boudin in ein Apartmenthaus in der Garrison Avenue gezogen war, meinte aber, dort wohne sie jetzt auch nicht mehr. In dem Haus in der Garrison Avenue: Miss Boudin sei vor anderthalb Monaten ausgezogen – vielleicht irgendwo in die Mount Royal Avenue. Die Nummer war nicht bekannt.

Das Coupé trug seinen häßlichen Besitzer in die Mount Royal Avenue zu dem Wohnhaus, in das er am Tag zuvor erst Hubert Landow und dann Scuttle Zeipp hatte hineingehen sehen. Im Büro des Hausverwalters fragte er nach einem Walter Boyden, der angeblich dort wohne. Walter Boyden war dem Verwalter nicht bekannt. Doch es gebe eine Miss Boudin in Nummer 604, aber ihr Name sei B-o-u-d-i-n, und sie wohne allein.

Alec Rush verließ das Haus und stieg wieder in seinen Wagen. Er kniff seine grimmigen, roten Augen zusammen, nickte zufrieden und beschrieb mit einem Finger in der Luft einen kleinen Kreis. Dann fuhr er zurück in sein Büro.

Als er erneut die Nummer der Treuhandbank anrief, gab er Ralph Millars Namen an und sprach wenig später mit dem zweiten Kassierer.

»Hier ist Rush. Können Sie sofort in mein Büro kommen?«

»Was ist das denn? Natürlich. Aber wie – wie – ? Ja, ich bin gleich da.«

Nichts von dem Erstaunen, das in Millars Telefonstimme gelegen hatte, war zu erkennen, als er im Büro des Detektivs ankam. Er stellte keine Fragen darüber, woher der Detektiv wußte, wer er sei. In Braun war er heute ebenso hübsch unauffällig, wie er es gestern in Grau gewesen war.

»Kommen Sie rein«, hieß ihn der häßliche Mann willkommen. »Setzen Sie sich. Ich muß noch ein paar Dinge wissen, Mr. Millar.«

Millars dünner Mund wurde noch schmaler, und seine Brauen zogen sich mit halsstarriger Verschwiegenheit zusammen.

»Ich dachte, wir hätten uns in diesem Punkt geeinigt, Rush. Ich habe Ihnen gesagt – «

Alec Rush sah seinen Klienten mit vergnügter, aber angsterregender Gereiztheit stirnrunzelnd an.

»Ich weiß, was Sie mir gesagt haben«, unterbrach er ihn. »Aber das war gestern, und das hier ist heute. Die Geschichte nimmt langsam Gestalt an, und ich kann gerade soviel erkennen, daß ich da in was reingezogen werde, wenn ich nicht scharf aufpasse. Ich habe Ihren rätselhaften Fremden gefunden, mit ihm gesprochen. Er ist Mrs. Landow gefolgt, sehr richtig. So wie er die Sache erzählt, ist er angeheuert worden, um sie umzubringen.«

Millar sprang von seinem Stuhl auf und beugte sich über den gelben Schreibtisch, das Gesicht nahe an dem des Detektivs.

»Mein Gott, Rush, was sagen Sie da? Um sie umzubringen?«

»Na, na! Nur keine Aufregung. Er wird sie nicht umbringen. Ich meine, er hat's auch nie vorgehabt. Aber er behauptet, er wurde dafür engagiert.«

»Sie haben ihn verhaftet? Sie haben den Mann gefunden, der ihn gedungen hat?«

Der Detektiv drehte seine blutunterlaufenen Augen nach oben und betrachtete das hitzige Gesicht des Jüngeren.

»Um die Wahrheit zu sagen«, krächzte er gelassen, als er mit seiner Betrachtung fertig war, »habe ich weder das eine noch das andere getan. Sie befindet sich im Augenblick nicht in Gefahr. Vielleicht hat der Kerl mich angelogen, vielleicht auch nicht, aber so oder so würde er's mir nicht verklikkert haben, wenn er was im Schilde führte. Und wenn's schon darum geht, Mr. Millar, wollen Sie, daß er verhaftet wird?«

»Ja! Das heißt–« Millar trat vom Schreibtisch zurück, ließ sich kraftlos auf seinen Stuhl zurücksinken und legte die zitternden Hände vor sein

Gesicht. »Mein Gott, Rush, ich weiß nicht!« keuchte er.

»Genau«, sagte Alec Rush. »Die Sache liegt folgendermaßen: Mrs. Landow war Jerome Falsoners Nichte und Erbin. Sie arbeitete in Ihrer Bank und heiratete Landow am Morgen, an dem ihr Onkel tot aufgefunden wurde. Gestern stattete Landow dem Haus einen Besuch ab, in dem Madeline Boudin wohnt. Sie war die letzte, die bei Falsoner war, ehe er ermordet wurde. Aber ihr Alibi scheint so wasserdicht wie das der Landows zu sein. Der Mann, der behauptet, dafür gekauft worden zu sein, Mrs. Landow umzubringen, war gestern ebenfalls im Haus von Madeline Boudin. Ich habe ihn reingehen sehen. Und ich habe gesehen, wie er sich mit einer anderen Frau getroffen hat. Einer Ladendiebin. In ihrer Wohnung fand ich ein Foto von Hubert Landow. Ihr dunkler, junger Mann behauptet, er wäre zweimal angeheuert worden, um Mrs. Landow umzubringen – von zwei Frauen, von denen keine weiß, daß die andere ihn engagiert hat. Er wollte mir zwar nicht sagen, wer sie sind, aber das muß er auch nicht.«

Die heisere Stimme verstummte, und Alec Rush wartete, daß Millar was sagte. Aber der war momentan ohne Stimme. Seine Augen waren weit aufgerissen und verzweifelt leer. Alec Rush hob seine feiste Hand, ballte sie zu einer Faust, die fast vollkommen kugelrund war, und trommelte leise auf den Schreibtisch.

»So steht's, Mr. Millar«, rasselte er. »Ein schönes Durcheinander. Wenn Sie mir erzählen, was Sie wissen, können wir es entwirren, keine Sorge. Wenn nicht – bin ich draußen!«

Jetzt fand Millar Worte, so unsortiert sie auch waren.

»Das dürfen Sie nicht, Rush! Sie können mich nicht im Stich lassen – uns – sie! Es ist nicht – Sie sind nicht – «

Alec Rush schüttelte mit langsamem Nachdruck seinen häßlichen, birnenförmigen Kopf.

»Es geht um Mord bei dieser Sache, und Gott weiß um was noch alles. Ich finde keinen Gefallen an einem Spiel mit verbundenen Augen. Wie soll ich wissen, was Sie vorhaben? Sie können mir erzählen, was Sie wissen – alles –, oder Sie können sich einen anderen Detektiv suchen. Und damit basta!«

Ralph Millars Finger grabbelten aneinander, seine Zähne nagten an seinen Lippen, sein gequälter Blick war flehentlich auf den Detektiv gerichtet.

»Das können Sie nicht machen, Rush«, bettelte er. »Sie ist noch immer in Gefahr. Auch wenn Sie recht haben, und es dieser Mann nicht auf sie abgesehen hat, ist sie nicht sicher. Die Frauen, die ihn gedungen haben, können einen anderen engagieren. Sie müssen sie beschützen, Rush.«

»Yeah? Dann müssen Sie reden.«

»Ich muß – ? Ja, ich werde reden, Rush. Ich erzähle Ihnen alles, was Sie wissen wollen. Aber es gibt wirklich nichts – oder fast nichts –, was ich noch weiß außer dem, was Sie bereits erfahren haben.«

»Sie hat in Ihrer Bank gearbeitet?«

»Ja, in meiner Abteilung.«

»Und hat aufgehört, um zu heiraten?«

»Ja. Das heißt – nein, Rush, die Wahrheit ist, sie wurde entlassen. Es war eine Ungeheuerlichkeit, aber – «

»Wann war das?«

»Es war einen Tag vor der – bevor sie heiratete.«

»Erzählen Sie mir darüber.«

»Sie hatte – ich muß Ihnen vorher erst mal ihre Situation erklären, Rush. Sie ist eine Waise. Ihr Vater, Ben Falsoner, war in seiner Jugend nicht zu bändigen – und vielleicht nicht nur in seiner Jugend –, aber ich glaube, alle Falsoners sind so. Er jedoch hatte sich mit seinem Vater überworfen – dem alten Howard Falsoner –, und der alte Mann hatte ihn aus seinem Testament gestrichen. Nein, nicht ganz. Der Alte hoffte, Ben werde sich bessern, und für den Fall wollte er ihn nicht ohne etwas zurücklassen. Leider vertraute er alles seinem anderen Sohn, Jerome, an.

Der alte Howard Falsoner hinterließ ein Testament, wonach sämtliche Erträge aus seinem Vermögen Jerome zukamen, solange dieser lebte. Jerome sollte so für seinen Bruder Ben sorgen, wie er es für richtig hielt. Das heißt, er hatte völlig freie Hand. Er konnte die Einkünfte gleichmäßig zwischen sich und seinem Bruder aufteilen, oder er konnte ihm ein paar Pfennige geben, oder er konnte ihm gar nichts geben, je nachdem, wie er Bens Verhalten bewertete. Bei Jeromes Tod sollte das Vermögen zu gleichen Teilen unter den Enkeln des Alten aufgeteilt werden.

Theoretisch war das eine ziemlich vernünftige Abmachung, aber nicht in der Praxis – nicht in Jerome Falsoners Händen. Sie kannten ihn nicht? Nun ja, er war der letzte, dem man bei einer derartigen Sache je hätte trauen können. Er reizte seine Macht bis zum äußersten aus. Ben Falsoner bekam nie auch nur einen Cent von ihm. Vor drei Jahren starb Ben, und damit trat das Mädchen, seine einzige Tochter, an seine Stelle, was das Geld ihres Großvaters anging. Ihre Mutter war bereits tot. Jerome Falsoner aber zahlte auch ihr nie einen einzigen Cent.

Das war ihre Lage, als sie vor zwei Jahren in die Treuhandbank eintrat. Und diese Lage war nicht rosig. Wenigstens besaß sie etwas von der Rücksichtslosigkeit und Verschwendungssucht der Falsoners. So stand sie da: Erbin von etwa zwei Millionen Dollar – denn Jerome hatte nie geheiratet, und sie war das einzige Enkelkind –, jedoch völlig ohne Einkommen, sieht man von ihrem Gehalt einmal ab, das alles andere als groß war.

Sie geriet in Schulden. Ich nehme an, hin und wieder versuchte sie zu sparen, aber da waren immer diese zwei Millionen Dollar, die doch auf sie zukamen, was das Knausern doppelt widerlich erscheinen ließ. Schließlich erfuhr die Leitung der Bank von ihren Schulden. Inkassobeamte kamen ins Büro. Da sie in meiner Abteilung beschäftigt war, hatte ich die unangenehme Pflicht, sie zu verwarnen. Sie versprach, ihre Schulden zu bezahlen und keine neuen mehr zu machen, und wahrscheinlich versuchte sie das auch, aber sie hatte nicht viel Erfolg damit. Unsere Direktoren sind altmodisch, ultrakonservativ. Ich tat alles, was in meiner Macht stand, um sie zu retten, aber es war zwecklos. Sie wollten einfach keine Angestellte haben, die bis zum Hals verschuldet war.«

Millar schwieg einen Augenblick, starrte unglücklich auf den Boden und fuhr dann fort:

»Ich hatte die peinliche Pflicht, ihr mitzuteilen, daß ihre Dienste nicht mehr gebraucht würden. Ich versuchte sie – Es war schrecklich unerfreulich. Das war einen Tag, bevor sie Landow heiratete. Es – « Er verstummte und wiederholte dann, als falle ihm nichts weiter mehr ein: »Ja, es war einen Tag, bevor sie Landow heiratete«, und dann starrte er wieder traurig auf den Boden.

Alec Rush, der den ganzen Bericht hindurch dagesessen hatte wie ein aus Stein gemeißeltes Monster auf einer alten Kirche, lehnte sich nun über seinen Schreibtisch und stellte die heisere Frage:

»Und wer ist dieser Hubert Landow? Was ist er?«

Ralph Millar schüttelte den gesenkten Kopf.

»Ich kenne ihn nicht. Ich habe ihn mal gesehen, aber ich weiß nichts über ihn.«

»Hat Mrs. Landow jemals von ihm erzählt? Ich meine, als sie noch in der Bank arbeitete?«

»Wahrscheinlich ja, aber ich erinnere mich nicht daran.«

»Sie wußten also nicht, was Sie darüber denken sollten, als Sie hörten, sie habe ihn geheiratet?«

Der Jüngere blickte mit angsterfüllten braunen Augen auf.

»Worauf wollen Sie hinaus, Rush? Sie denken doch nicht – Ja, wie Sie sagen, ich war überrascht. Worauf wollen Sie hinaus?«

»Die amtliche Heiratserlaubnis«, sagte der Detektiv, der die wiederholte Frage seines Klienten überhörte, »wurde Landow vier Tage vor der Hochzeit ausgehändigt, vier Tage, bevor Jerome Falsoners Leiche gefunden wurde.«

Millar kaute an einem Fingernagel und schüttelte mutlos den Kopf.

»Ich weiß nicht, worauf Sie hinauswollen«, murmelte er um den Finger herum. »Die ganze Sache ist so verwirrend.«

»Ist es nicht so, Mr. Millar«, füllte die Stimme des Detektivs mit rauher Eindringlichkeit das Büro, »daß Sie mit Sara Falsoner in einem freundschaftlicheren Verhältnis standen als mit allen übrigen in der Bank?«

Der Jüngere hob den Kopf und blickte Alec Rush ins Gesicht – hielt seinem Blick stand mit braunen Augen, die sich verbissen um Gelassenheit bemühten.

»Tatsache ist«, sagte er ruhig, »daß ich an dem Tag, als Sara Falsoner entlassen wurde, sie bat, mich zu heiraten.«

»Yeah. Und sie – ?«

»Und sie – es war wohl mein Fehler. Ich war ungeschickt, grob, was Sie wollen. Gott weiß, was sie dachte – daß ich sie aus Mitleid bat, mich zu heiraten, daß ich versuchte, sie zur Heirat zu zwingen, indem ich sie entließ, als ich wußte, daß sie bis über den Kopf in Schulden steckte! Sie kann alles mögliche gedacht haben. Wie auch immer, es war – es war ärgerlich.«

»Sie meinen, sie wies Sie nicht nur zurück, sondern war – nun ja – verärgert darüber?«

»Genau das meine ich.«

Alec Rush lehnte sich auf seinem Stuhl zurück und fügte seinem Gesicht neue Bizarrerien hinzu, indem er seinen fleischigen Mund an einer Ecke schief nach oben zog. Seine roten Augen sahen geradezu bösartig aus und waren nachdenklich gegen die Decke gerichtet.

»Das einzig Mögliche«, entschied er, »ist, zu Landow zu gehen und ihm mitzuteilen, was wir wissen.«

»Aber sind Sie sicher, daß er – ?« protestierte Millar flau.

»Wenn er nicht ungeheuer schauspielert, ist er sehr verliebt in seine Frau«, sagte der Detektiv mit

Bestimmtheit. »Das reicht doch wohl als Rechtfertigung, ihm die Geschichte zu erzählen.«

Millar war nicht überzeugt.

»Sind Sie sicher, das wäre das Klügste?«

»Yeah. An einen müssen wir uns mit der Geschichte wenden – an ihn, an sie selbst oder an die Polizei. Ich halte ihn für das beste, aber treffen Sie Ihre Wahl.«

Der Jüngere nickte widerstrebend.

»Na schön. Aber Sie dürfen mich nicht mit reinziehen, nicht wahr?« sagte er mit rascher Beunruhigung. »Sie können es doch so einrichten, daß ich nichts damit zu tun habe. Sie verstehen, was ich meine? Sie ist seine Frau, und es wäre –«

»Natürlich«, versprach Alec Rush, »ich halte Sie aus der Sache raus.«

Hubert Landow drehte die Karte des Detektivs in seinen Fingern, als er Alec Rush in einem einigermaßen luxuriös eingerichteten Zimmer im zweiten Stock des Hauses in der Charles-Street Avenue empfing. Er stand – groß, blond und knabenhaft hübsch – mitten im Zimmer, der Tür zugewandt, als der Detektiv – fett, grauhaarig, zerknittert und häßlich – hereingeführt wurde.

»Sie wollen mich sprechen? Bitte, nehmen Sie Platz.«

Hubert Landows Verhalten war weder zurückhaltend noch herzlich. Es war genau das Verhalten, das man von einem jungen Mann erwarten konnte, der den unerwarteten Besuch eines Detektivs mit einem so grauenhaften Äußeren erhielt.

»Yeah«, sagte Alec Rush, als sie sich in einander zugewandte Sessel setzten. »Ich muß Ihnen etwas berichten. Es wird nicht viel Zeit in Anspruch nehmen, aber es ist einigermaßen verrückt. Es könnte eine Überraschung für Sie sein, vielleicht auch nicht. Jedenfalls ist die Sache ernst. Ich möchte nicht, daß Sie denken, ich nehme Sie auf den Arm.«

Hubert Landow beugte sich vor, das Gesicht geballtes Interesse.

»Natürlich nicht«, versprach er. »Schießen Sie los.«

»Vor ein paar Tagen erhielt ich einen Hinweis auf einen Mann, der in einen Job verwickelt sein könnte, der mich interessieren würde. Der Mann ist ein kleiner Gauner. Ich ging ihm nach und stellte fest, daß sein Interesse sich auf Ihre Angelegenheiten und auf die Ihrer Frau richtete. Er hat Sie beschattet, und er hat Ihre Frau beschattet. Er ist die Mount Royal Avenue von einem Wohnhaus aus hinuntergeschlendert, in das Sie gestern gegangen sind, und später ging er ebenfalls dort hinein.«

»Aber was zum Teufel führt er im Schilde?« rief Landow. »Sie meinen, er ist –«

»Warten Sie«, empfahl der häßliche Mann. »Warten Sie, bis Sie alles gehört haben, und dann können Sie mir sagen, was Sie davon halten. Er kam da wieder raus und fuhr zur Camden Station, wo er mit einer Frau zusammentraf. Sie unterhielten sich eine Weile, und später wurde sie in einem Warenhaus aufgegriffen – Ladendiebstahl. Ihr Name ist Polly Bangs, und sie hat in Wisconsin wegen desselben Vergehens gesessen. Auf ihrem Toilettentisch stand Ihre Fotografie.«

»Meine Fotografie?«

Alec Rush nickte gelassen in das Gesicht des jungen Mannes hoch, der inzwischen stand.

»Ihre. Sie kennen diese Polly Bangs? Eine untersetzte, stämmige junge Frau von ungefähr sechsundzwanzig Jahren mit braunem Haar und – frechen Augen?«

Hubert Landows Gesicht war eine einzige fassungslose Leere.

»Nein! Was zum Teufel könnte sie denn mit meinem Foto machen?« fragte er. »Sind Sie sicher, es war meins?«

»Todsicher vielleicht nicht, aber sicher genug, um einen Beweis zu brauchen, daß es nicht Ihres war. Vielleicht ist diese Polly jemand, den Sie vergessen haben, oder sie kam irgendwo an das Bild und hat's behalten, weil's ihr gefiel.«

»Blödsinn!« wandte sich der blonde Mann gegen diese Wertschätzung seines Gesichts und nahm ein so lebhaftes Rot an, daß Alec Rushs Hautfarbe daneben nahezu farblos erschien. »Es muß doch irgendeinen vernünftigen Grund dafür geben. Sie wurde verhaftet, sagen Sie?«

»Yeah, doch sie ist mittlerweile auf Kaution wieder frei. Aber lassen Sie mich meine Geschichte weitererzählen. Gestern abend haben dieser kleine Ganove, von dem ich Ihnen erzählt habe, und ich uns unterhalten. Er behauptet, er ist engagiert worden, um Ihre Frau umzubringen.«

Hubert Landow, der zu seinem Sessel zurückgekehrt war, zuckte zusammen, daß dessen Fugen überanstrengt knarrten. Sein Gesicht, erst ein zweites Mal puterrot, wurde von einer Sekunde auf die andere kreidebleich. Außer dem Knarren des Sessels war im Zimmer schwach ein zweites Geräusch vernehmbar: ganz leise, erstickte schwere Atemzüge. Der blonde Mann schien sie nicht zu hören, aber Alec Rushs blutunterlaufene Augen schnellten einen Augenblick zur Seite, um sich für einen Moment auf eine geschlossene Tür an der gegenüberliegenden Seite des Zimmers zu richten.

Landow war aus seinem Sessel wieder aufgesprungen und beugte sich zu dem Detektiv herunter, während seine Finger sich in der lockeren Schultermuskulatur des häßlichen Mannes vergruben.

»Das ist ja schrecklich!« rief er. »Wir müssen unbedingt –«

Die Tür, zu der der Detektiv kurz hinübergeschaut hatte, öffnete sich. Ein hübsches, großes Mädchen trat ein – Sara Landow. Ihr zerwühltes Haar bildete eine kastanienbraune Wolke um ihr weißes Gesicht. Ihre Augen waren völlig ausdruckslos. Sie ging langsam auf die Männer zu, wobei ihr Körper etwas nach vorn geneigt war, als stemme sie sich gegen einen starken Wind an.

»Es ist zwecklos, Hubert.« Ihre Stimme war ausdruckslos wie ihre Augen. »Wir können ebensogut auch die Wahrheit sagen. Es ist Madeline Boudin. Sie hat herausgefunden, daß ich meinen Onkel getötet habe.«

»Schscht, Liebling, sei still!« Landow nahm seine Frau in die Arme und versuchte sie zu beruhigen. »Du weißt nicht, was du sagst.«

»Oh doch.« Sie wand sich matt aus seinen Armen und setzte sich in den Sessel, den Alec Rush soeben freigemacht hatte. »Es ist Madeline Boudin, du weißt, daß sie es ist. Sie weiß, daß ich Onkel Jerome getötet habe.«

Landow drehte sich rasch zu dem Detektiv herum und streckte beide Hände aus, um den häßlichen Mann am Arm zu ergreifen.

»Sie hören doch nicht auf das, was sie sagt, Rush?« bat er. »Es geht ihr nicht gut. Sie weiß nicht, was sie sagt.«

Sara Landow lachte mit erschöpfter Bitterkeit.

»Es geht mir nicht gut?« sagte sie. »Nein, es geht mir nicht gut, nicht, seit ich ihn umgebracht habe. Wie könnte es mir danach auch noch gut gehen? Sie sind Detektiv.« Sie hob ihre ausdruckslosen Augen zu Alec Rush. »Verhaften Sie mich. Ich habe Jerome Falsoner getötet.«

Die Arme in die Seite gestemmt, die Beine gespreizt, sah Alec Rush sie finster an und sagte nichts.

»Das können Sie nicht tun, Rush!« Landow zerrte von neuem am Arm des Detektivs. »Das können Sie nicht, Mann. Es ist lächerlich. Sie – «

»Wohin gehört diese Madeline Boudin in der Sache?« fragte Alec Rushs heisere Stimme. »Ich weiß, sie war mit Jerome befreundet, aber warum sollte sie Ihre Frau umbringen lassen?«

Landow zögerte, wechselte die Stellung seiner Füße, und als er antwortete, geschah es nur widerstrebend.

»Sie war Jeromes Geliebte, hatte ein Kind von ihm. Als meine Frau davon erfuhr, bestand sie darauf, ihr aus dem Vermögen eine Rente auszusetzen. In diesem Zusammenhang habe ich ihr gestern einen Besuch abgestattet.«

»Yeah. Aber um wieder auf Jerome zurückzukommen: Sie und Ihre Gattin hielten sich angeblich in Ihrer Wohnung auf, als er getötet wurde, wenn ich mich recht erinnere?«

Sara Landow seufzte leicht verärgert.

»Wozu diese ganze Diskussion?« fragte sie mit schwacher, müder Stimme. »Ich habe ihn umgebracht. Niemand sonst hat ihn getötet. Keiner war dabei, als ich ihn tötete. Ich habe ihn mit dem Brieföffner erstochen, als er auf mich losging, und er sagte: ›Nicht! Nicht!‹, und begann zu schreien, als er auf seinen Knien lag, und ich lief weg.«

Alec Rushs Blick wanderte von der Frau zu ihrem Mann hinüber. Landows Gesicht war schweißgebadet, seine Hände waren weiße Fäuste und irgend etwas bebte in seiner Brust. Als er sprach, war seine Stimme so heiser wie die des Detektivs, wenn auch nicht so laut.

»Sara, wartest du hier, bis ich wiederkomme? Ich muß kurz weg, vielleicht eine Stunde. Du wartest hier und unternimmst nichts, bis ich zurückkomme?«

»Ja«, sagte die junge Frau, und weder Neugier noch Interesse lagen in ihrer Stimme. »Aber es ist zwecklos, Hubert. Ich hätte es dir von vornherein sagen sollen. Es hat keinen Zweck.«

»Warte einfach auf mich, Sara«, bat er, und dann beugte er seinen Kopf an das deformierte Ohr des Detektivs. »Bleiben Sie um Himmels willen bei ihr, Rush!« flüsterte er und verließ eilig das Zimmer.

Die Haustür fiel laut ins Schloß. Ein Automobil entfernte sich brummend vom Haus. Alec Rush wandte sich an die junge Frau.

»Wo steht das Telefon?«

»Nebenan«, sagte sie, ohne von dem Taschentuch aufzublicken, das sie mit ihren Fingern abzumessen schien.

Der Detektiv ging hinüber zur Tür, durch die sie hereingekommen war, und stellte fest, daß sie in eine Bibliothek führte. Das Telefon stand in der Ecke. Auf der anderen Seite des Zimmers zeigte eine Uhr drei Uhr fünfunddreißig. Der Detektiv trat ans Telefon und rief in Ralph Millars Büro an.

»Hier ist Rush. Ich bin bei den Landows. Kommen Sie sofort her.«

»Aber das geht nicht, Rush. Begreifen Sie nicht meine – «

»Absolut nicht!« krächzte Alec Rush. »Kommen Sie sofort her!«

Die junge Frau mit den ausdruckslosen Augen spielte noch immer mit dem Saum ihres Taschentuchs und schaute nicht hoch, als der häßliche Mann ins Zimmer zurückkehrte. Keiner von beiden sagte etwas. Alec Rush, der mit dem Rücken zu einem der Fenster stand, nahm zweimal seine Uhr heraus und starrte wütend darauf.

Dann war von unten das leise Läuten der Haustürglocke zu hören. Der Detektiv ging hinüber zur Tür, die in die Halle führte, und stieg mit behender Schwerfälligkeit die Vordertreppe hinab. Ralph Millar, dessen Gesicht ein Schlachtfeld war, auf dem Angst und Verlegenheit miteinander kämpften, stand in der Vorhalle und stotterte dem Dienstmädchen, das ihm geöffnet hatte, irgend etwas Unverständliches entgegen. Alec Rush schob das Mädchen brüsk zur Seite, holte Millar herein und führte ihn die Treppe hinauf.

»Sie sagt, sie hätte Jerome umgebracht«, flüsterte er beim Hinaufsteigen seinem Klienten ins Ohr.

Ralph Millars Gesicht wurde entsetzlich weiß, aber es lag keine Überraschung darin.

»Sie wußten, daß sie ihn umgebracht hat?« knurrte Rush.

Millar versuchte zweimal zu sprechen und brachte keinen Ton heraus. Sie waren auf dem Treppenabsatz im ersten Stock, ehe die Worte kamen.

»Ich habe sie an dem Abend auf der Straße auf seine Wohnung zugehen sehen!«

Alec Rush schnaubte bösartig und drehte den jungen Mann in die Richtung des Zimmers, in dem Sara Landow saß.

»Landow ist weggefahren«, flüsterte er eilig. »Und ich muß ebenfalls weg. Bleiben Sie bei ihr. Sie ist total am Boden zerstört – möglich, daß sie sonst was macht, wenn sie allein gelassen wird. Falls Landow vor mir zurückkommt, sagen Sie ihm, er soll auf mich warten.«

Ehe Millar der Verwirrung in seinem Gesicht Worte verleihen konnte, waren sie über die Schwelle ins Zimmer getreten. Sara Landow hob den Kopf. Ihr Körper wurde wie von einer unsichtbaren Kraft aus dem Sessel nach oben gezogen. Sie kam hochgewachsen und kerzengerade auf die Füße. Millar blieb gleich in der Tür stehen. Sie blickten einander in die Augen, beide in einer Haltung, als seien sie von einer Macht gepackt, die sie aufeinander zuschob, und von einer anderen, die sie voneinander fernhielt.

Alec Rush eilte schwerfällig und geräuschlos hinunter auf die Straße.

In der Mount Royal Avenue entdeckte er sofort den blauen Roadster. Er stand verlassen vor dem Apartmenthaus, in dem Madeline Boudin wohnte. Der Detektiv fuhr daran vorbei und steuerte sein Coupé drei Blocks weiter an den Straßenrand. Er hatte kaum gehalten, als Landow aus dem Wohnhaus gerannt kam, in seinen Wagen sprang und davonbrauste. Er fuhr zu einem Hotel in der Charles Street. Hinter ihm her der Detektiv.

Im Hotel begab sich Landow direkt ins Schreibzimmer. Eine halbe Stunde lang saß er da, über einen Schreibtisch gebeugt, und füllte Blatt um Blatt mit rasch hingeschriebenen Worten, während der Detektiv in einer abgelegenen Ecke des Foyers hinter einer Zeitung saß und den Ausgang des Zimmers im Auge behielt. Landow kam aus dem Raum, wobei er sich einen dicken Umschlag in die Tasche schob, verließ das Hotel, stieg in seinen Wagen und fuhr zum Büro einer Kurierfirma in der St. Paul Street.

In diesem Büro blieb er etwa fünf Minuten. Als er wieder herauskam, ließ er seinen Roadster am Straßenrand stehen und lief statt dessen zur Calvert Street, wo er eine in Richtung Norden fahrende Straßenbahn bestieg. Alec Rushs Coupé rollte hinter der Tram her. An der Union Station stieg Landow aus der Bahn und ging zum Fahrkartenschalter. Er hatte gerade eine Einfachfahrt nach Philadelphia verlangt, als Alec Rush ihm auf die Schulter tippte.

Hubert Landow drehte sich langsam um, das Geld für seine Fahrkarte noch in der Hand. Das Wiedererkennen ließ sein schönes Gesicht unberührt.

»Ja«, sagte er kühl, »worum geht's?«

Alec Rush nickte mit seinem häßlichen Kopf zu dem Fahrkartenschalter und dem Geld in Landows Hand.

»So was sollten Sie nicht machen«, knurrte er.

»Hier bitte«, sagte der Fahrkartenverkäufer durch sein Gitter. Keiner der beiden Männer vor ihm schenkte ihm das geringste bißchen Aufmerksamkeit. Eine dicke Frau in Rosa, Rot und Lila drängelte sich gegen Landow, trat ihm auf den Fuß und schob sich an ihm vorbei an den Schalter. Landow trat zurück, mit ihm der Detektiv.

»Sie hätten Sara nicht allein lassen dürfen«, sagte Landow. »Sie ist – «

»Sie ist nicht allein. Ich habe jemanden geholt, der bei ihr ist.«

»Doch nicht – «

»Nicht die Polizei, falls Sie das gedacht haben sollten.«

Landow begann langsam die lange Bahnhofshalle zu durchqueren, und der Detektiv hielt mit ihm Schritt. Der blonde Mann blieb stehen und sah dem anderen scharf ins Gesicht.

»Ist es dieser Millar, der jetzt bei ihr ist?« fragte er.

»Yeah.«

»Ist er der Mann, für den Sie arbeiten, Rush?«

»Yeah.«

Landow ging weiter. Als sie den nördlichsten Punkt der Bahnhofshalle erreicht hatten, sprach er von neuem.

»Was will er, dieser Millar?«

Alec Rush zuckte die massigen, geschmeidigen Schultern und sagte nichts.

»Schön, und was wollen Sie?« fragte der junge Mann ziemlich erregt und blickte den Detektiv jetzt offen an.

»Ich möchte, daß Sie die Stadt nicht verlassen.«

Landow dachte mit finsterem Blick darüber nach.

»Angenommen, ich bestehe aber darauf«, fragte er, »wie wollen Sie mich daran hindern?«

»Komplize nach begangenem Mord an Jerome Falsoner wäre eine Beschuldigung, aufgrund der ich Sie einsperren lassen könnte.«

Wieder Schweigen, bis Landow es brach.

»Hören Sie zu, Rush. Sie arbeiten für Millar. Er ist draußen in meinem Haus. Ich habe gerade durch Kurier einen Brief an Sara abgeschickt. Lassen Sie ihnen Zeit, ihn zu lesen, und dann rufen Sie Millar dort an. Fragen Sie ihn, ob er will, daß ich eingesperrt werde, oder nicht.«

Alec Rush schüttelte entschlossen den Kopf.

»Zwecklos«, schnarrte er. »Millar ist ein zu großer Schwätzer, als daß ich seinen Worten am Telefon auch nur im geringsten trauen würde. Wir fahren am besten zurück und unterhalten uns alle miteinander.«

Jetzt war es Landow, der sich widersetzte.

»Nein«, bellte er. »Das werde ich nicht!« Mit kalter Berechnung blickte er dem Detektiv in sein häßliches Gesicht. »Kann ich Sie kaufen, Rush?«

»Nein, Landow. Lassen Sie sich von meinem Aussehen und meinem Strafregister nicht irreführen.«

»Das hab ich mir schon gedacht.« Landow schaute erst zum Dach hoch, dann auf seine Füße hinunter, und schließlich atmete er zischend aus. »Hier können wir nicht reden. Suchen wir uns einen ruhigen Ort.«

»Meine Karre steht draußen«, sagte Alec Rush, »da können wir uns reinsetzen.«

Als sie in Alec Rushs Coupé Platz genommen hatten, zündete sich Landow eine Zigarette an und der Detektiv eine seiner schwarzen Zigarren.

»Diese Polly Bangs, von der Sie gesprochen haben, Rush«, sagte der Blonde ohne Einleitung, »ist meine Frau. Ich heiße Henry Bangs. Meine Fingerabdrücke werden Sie nirgendwo finden. Als Polly vor ein paar Jahren in Milwaukee geschnappt und eingebuchtet wurde, traf ich zufällig Madeline Boudin. Wir waren ein prima Gespann. Sie hatte massenhaft Köpfchen, und wenn ich jemanden habe, der für mich das Denken erledigt, bin ich ebenfalls ziemlich gut auf meinem Gebiet.«

Er lächelte den Detektiv an und deutete sich

mit der Zigarette auf sein Gesicht. Während Alec Rush noch zuschaute, stieg dem blonden jungen Mann eine puterrote Woge über die Wangen, bis er rosig war wie ein errötendes Schulmädchen. Er lachte wieder, und die Röte wich allmählich.

»Das ist mein bester Trick«, fuhr er fort. »Einfach, wenn man die Begabung hat und in Übung bleibt: die Lunge mit Luft füllen und sie dann rauszupressen versuchen, wobei man sie am Kehlkopf eingeschlossen hält. Das ist 'ne Goldader für einen Gauner! Sie wären überrascht, wie die Leute mir trauen, wenn ich ein-, zweimal vor ihnen rot geworden bin. Und so schwammen Madeline und ich im Geld. Sie hatte Köpfchen, Nerven und gute Manieren. Und ich habe alles bis aufs Köpfchen. Wir drehten ein paar Dinger – eine Hochstapelei und eine Erpressung –, und dann begegnete sie zufällig Jerome Falsoner. Zuerst wollten wir ihn nur ein bißchen unter Druck setzen. Aber als Madeline dahinterkam, daß Sara seine Erbin war, daß sie in Schulden steckte und daß sie und ihr Onkel überquer waren, ließen wir den Erpressungsplan schießen und dachten uns was Lukrativeres aus. Madeline fand jemanden, der mich mit Sara bekannt machte. Ich gab mich liebenswürdig und spielte den Blödmann – den schüchternen, doch von Verehrung erfüllten jungen Mann.

Wie ich schon sagte, Madeline hatte Köpfchen. Und sie benutzte es die ganze Zeit. Ich war immer in der Nähe von Sara, schickte ihr Süßigkeiten,

Bücher und Blumen und führte sie ins Theater und zum Essen aus. Die Bücher und Theateraufführungen gehörten zu Madelines Ressort. In zwei der Bücher wurde erwähnt, daß ein Ehemann vor Gericht nicht dazu gezwungen werden darf, gegen seine Frau auszusagen, auch nicht die Frau gegen den Mann. In einem der Theaterstücke wurde dasselbe Thema angeschnitten. So streuten wir unsere Samen aus. Andere ließen wir mit meinem Erröten und Gemurmel Wurzeln schlagen – wir überzeugten Sara, oder vielmehr, wir ließen sie allein dahinterkommen, daß ich der ungeschickteste Lügner auf der Welt sei.

Als die Samen ausgebracht waren, begannen wir den Plan energischer voranzutreiben. Madeline spann ein gutes Garn mit Jerome. Sara geriet immer weiter in Schulden, und wir halfen ihr noch tiefer hinein. Eines Nachts ließen wir einen Einbrecher ihre Wohnung ausräumen – Ruby Sweeger, vielleicht kennen Sie ihn. Er ist im Augenblick wegen 'ner anderen Sache im Knast. Er ließ alles Geld mitgehen, das sie besaß, und das meiste von dem Zeug, das sie im Notfall hätte versetzen können. Dann hetzten wir ein paar von den Leuten auf, denen sie Geld schuldig war, schickten ihnen anonyme Briefe, in denen wir sie warnten, nicht allzuviel darauf zu geben, daß sie Jeromes Erbin sei. Dumme Briefe, aber sie taten ihre Wirkung. Einige ihrer Gläubiger schickten Inkassobeamte in ihre Bank.

Jerome erhielt alle Vierteljahre seine Einnahmen aus dem Vermögen. Madeline kannte die Daten, und auch Sara kannte sie. Am Tag vor der nächsten Zahlung machte Madeline Saras Gläubigern erneut die Hölle heiß. Ich weiß nicht, was sie ihnen diesmal erzählte, aber es reichte. Sie stellten sich in hellen Haufen in der Treuhandbank ein, mit dem Resultat, daß Sara am nächsten Tag das Gehalt für vierzehn Tage erhielt und entlassen wurde. Als sie aus der Bank herauskam, lief ich ihr über den Weg – zufällig–, ja, ich hatte seit dem Morgen auf sie gewartet. Ich nahm sie mit auf eine Spazierfahrt und brachte sie um sechs zurück zu ihrer Wohnung. Dort fanden wir noch mehr aufgeregte Gläubiger vor, die nur darauf warteten, über sie herzufallen. Ich jagte sie weg, spielte den Jungen mit dem großen Herzen und bot ihr verlegen alle mögliche Hilfe an. Sie lehnte natürlich ab, und ich konnte sehen, wie Entschlossenheit in ihr Gesicht trat. Sie wußte, das war der Tag, an dem Jerome seinen Vierteljahresscheck erhielt. Sie beschloß, zu ihm zu gehen und zu verlangen, daß er wenigstens ihre Schulden bezahle. Sie sagte mir nicht, wohin sie wollte, aber ich merkte es ihr klar und deutlich an, weil ich darauf achtete.

Ich ließ sie allein und wartete gegenüber von ihrer Wohnung am Franklin Square, bis ich sie herauskommen sah. Ich suchte mir ein Telefon, rief Madeline an und erzählte ihr, daß Sara auf dem Weg zu ihrem Onkel sei.«

Die Zigarette versengte Landow die Finger. Er ließ sie fallen, trat sie mit dem Fuß aus und zündete sich eine neue an.

»Das ist eine komplizierte, langwierige Geschichte, Rush«, entschuldigte er sich, »aber jetzt bin ich bald am Ende.«

»Reden Sie weiter, mein Junge«, sagte Alec Rush.

»Es waren ein paar Leute bei Madeline, als ich sie anrief – Leute, die sie dazu zu überreden versuchten, zu einer Party mit aufs Land zu fahren. Sie willigte ein. Diese Leute würden ihr ein noch besseres Alibi verschaffen als das, das sie sich bereits ausgedacht hatte. Sie sagte zu ihnen, ehe sie führen, müsse sie allerdings noch kurz bei Jerome vorbeischauen, und die Freunde brachten sie auch dorthin, wo er wohnte, und warteten im Wagen, als sie zu ihm hineinging.

Sie hatte eine Halbliterflasche Cognac bei sich, fix und fertig mit irgendwelchen Mitteln versetzt. Daraus goß sie für Jerome einen Drink ein und erzählte ihm von dem neuen Schnapsschmuggler, den sie aufgetrieben habe und der ein Dutzend oder mehr Kisten dieses Cognacs zu einem vernünftigen Preis verkaufen wolle. Der Cognac war so gut und der Preis so niedrig, daß Jerome denken mußte, sie sei vorbeigekommen, um ihn im Vertrauen auf eine günstige Gelegenheit hinzuweisen. Er gab ihr einen Auftrag, den sie an den Schmuggler weiterleiten sollte. Nachdem sie sich vergewissert hatte, daß sein stählerner Brieföffner gut sichtbar auf dem Tisch lag, ging Madeline zu ihren Freunden zurück, wobei sie sich von Jerome bis an die Tür begleiten ließ, damit alle sehen konnten, daß er noch am Leben war, und fuhr weg.

Nun, ich weiß nicht, was Madeline in diesen Cognac getan hatte. Wenn sie's mir gesagt hat, hab ich es vergessen. Es war ein starkes Mittel – kein Gift, verstehen Sie, sondern ein Reizmittel. Sie werden verstehen, was ich meine, wenn Sie den Rest hören. Sara muß zehn oder fünfzehn Minuten, nachdem Madeline weggefahren war, in der Wohnung ihres Onkels erschienen sein. Sein Gesicht, sagt sie, war rot, erhitzt, als er ihr die Tür öffnete. Aber er war ein schwacher Mann, während sie stark war, und sie hatte letztlich selbst vor dem Teufel keine Angst. Sie trat ein und verlangte von ihm, er solle ihre Schulden begleichen, auch wenn er ihr keinen Vorschuß aus seinem Vermögen zahlen wolle.

Sie waren beide Falsoners, und der Streit muß heftig geworden sein. Außerdem wirkte das Mittel, und Jerome besaß keine Willenskraft, um dagegen anzugehen. Er griff sie an. Der Brieföffner lag auf dem Tisch, wie Madeline gesehen hatte. Er war ein tobender Irrer. Und Sara war keins von diesen Mädchen, die sich in die Ecke drängen lassen und schreien. Sie packte den Brieföffner und gab's ihm. Als er fiel, drehte sie sich um und lief weg.

Ich war ihr gefolgt, sobald ich das Telefongespräch mit Madeline beendet hatte, und stand auf Jeromes Eingangstreppe, als sie herausgerannt kam. Ich hielt sie an, und sie erzählte mir, sie habe ihren Onkel umgebracht. Ich ließ sie warten, während ich hineinging, um nachzusehen, ob er wirklich tot sei. Dann brachte ich sie nach Hause und erklärte ihr mein Auftauchen vor Jeromes Tür in meiner verlegenen Naivlingstour. Daß ich Angst gehabt hätte, sie könnte etwas Unbedachtes tun, und gemeint, es sei das Beste, ein Auge auf sie zu haben.

Wieder in ihrer Wohnung, war sie unbedingt dafür, sich der Polizei zu stellen. Ich wies auf die Gefahr hin, daß sie als Erbin höchstwahrscheinlich für schuldig befunden werde, ihn ermordet zu haben, um an das Geld zu kommen. Schließlich war sie verschuldet und zugegebenermaßen wegen Geld zu ihrem Onkel gegangen. Über ihre Darstellung, er habe sie angegriffen, so redete ich ihr ein, werde man wie über eine fadenscheinige Lügengeschichte lachen. Benommen, wie sie war, war sie nicht schwer zu überzeugen. Der nächste Schritt war einfach. Die Polizei würde über sie Ermittlungen anstellen, auch wenn sie keinen besonderen Verdacht gegen sie hatten. Ich war, soweit wir wußten, der einzige Mensch, dessen Aussage sie überführen konnte. Natürlich war ich treu und zuverlässig, aber war ich nicht der ungeschickteste Lügner der Welt? Ließ mich nicht die kleinste Lüge rot werden wie das Fähnchen eines Auktionators? Der Ausweg aus dieser Schwierigkeit lag in dem, was zwei der Bücher, die ich ihr geschenkt, und eins der Theaterstücke, die wir uns angesehen, sichtbar gemacht hatten: Wenn ich ihr Ehemann wäre, könnte ich nicht dazu gezwungen werden, gegen sie auszusagen. Wir wurden am nächsten Morgen getraut, und zwar aufgrund einer amtlichen Heiratserlaubnis, die ich fast eine Woche mit mir herumgetragen hatte.

Tja, so standen die Dinge. Ich war mit ihr verheiratet, und sie hatte ein paar Millionen zu erwarten, wenn erst die Angelegenheiten ihres Onkels in Ordnung gebracht wären. Der Verhaftung und Verurteilung konnte sie, so schien es, auf keinen Fall entgehen. Auch wenn niemand sie die Wohnung ihres Onkels hatte betreten oder verlassen sehen, deutete dennoch alles auf ihre Schuld, und das törichte Verhalten, zu dem ich sie überredet hatte, mußte ihre Chance, auf Notwehr zu plädieren, schlichtweg zunichte machen. Sollte man sie hängen, würden die zwei Millionen mir zufallen. Sollte sie eine langjährige Gefängnisstrafe bekommen, könnte ich zumindest über das Geld verfügen.«

Landow ließ seine zweite Zigarette fallen und trat sie aus, dann starrte er eine Zeitlang geradeaus in die Ferne.

»Glauben Sie an Gott oder an die Vorsehung oder das Schicksal oder irgend so etwas, Rush?« fragte er. »Nun ja, manche glauben an das eine und manche an das andere, aber hören Sie nur: Sara wurde nie verhaftet, geriet nicht einmal ernsthaft in Verdacht. Es gab da offenbar so etwas wie einen Finnen oder Schweden, der einen Krach mit Jerome gehabt und ihn bedroht hatte. Ich vermute, er konnte sich nicht daran erinnern, wo er sich in der Mordnacht aufgehalten hatte, deshalb ging er auf Tauchstation, als er von Jeromes Ermordung hörte. Der Verdacht der Polizei konzentrierte sich auf ihn. Natürlich überprüften sie auch Sara, aber nicht sehr gründlich. Niemand scheint sie auf der Straße gesehen zu haben, und die Leute in ihrem Haus, die sie um sechs Uhr mit mir hatten nach Hause kommen sehen, nicht aber bemerkt hatten – oder wenn ja, sich nicht daran erinnerten –, daß sie noch einmal weggegangen und wieder zurückgekommen war, sagten der Polizei, sie sei den ganzen Abend zu Hause gewesen. Die Polizei war viel zu sehr an dem verschwundenen Finnen, oder was er auch war, interessiert, um sich weiter intensiv um Saras Geschichte zu kümmern.

So stand ich also wieder da wie zu Anfang. Ich war jetzt zwar mit dem Geld verheiratet, aber nicht in der Lage, Madeline ihren Anteil zu zahlen. Madeline sagte, wir sollten die Dinge einfach so weiterlaufen lassen, wie sie seien, bis man den Nachlaß abgewickelt habe, und dann könnten wir ja Sara bei der Polizei anzeigen. Aber als die Gelddinge geregelt waren, gab's ein neues Problem. Diesmal lag es an mir. Ich – ich – naja, ich wollte einfach so weitermachen wie vorher. Es hatte nichts mit meinem Gewissen zu tun, verstehen Sie? Es war nur so, daß – naja – daß mit Sara weiter zusammenzuleben das einzige war, was ich wollte. Es tat mir nicht einmal leid, was ich getan hatte, weil, wenn es nicht geschehen wäre, hätte ich sie doch nie bekommen.

Ich weiß nicht, ob ich Ihnen das klarmachen kann, Rush, aber selbst jetzt bedauere ich nichts von alledem. Wenn es hätte anders laufen können – aber das konnte es nicht. Es mußte so geschehen oder gar nicht. Und schließlich habe ich diese sechs Monate gehabt. Ich sehe ein, daß ich ein Dummkopf war. Sara war niemals für mich gemacht. Ich bekam sie durch ein Verbrechen und eine List, und während ich mich an die abwegige Hoffnung klammerte, daß sie eines Tages – daß sie mich ansehen werde wie ich sie, wußte ich die ganze Zeit in meinem Innern, daß es sinnlos war. Es hatte einen Mann gegeben – diesen Millar. Sie ist frei, jetzt wo heraus ist, daß ich mit Polly verheiratet bin, und ich hoffe, sie – ich hoffe – Naja, Madeline begann darauf zu drängen, daß was passierte. Also erzählte ich Sara, daß Madeline von Jerome ein Kind habe, und Sara erklärte sich einverstanden, ihr etwas Geld zu zahlen. Aber das stellte Madeline nicht zufrieden. Es ging bei ihr nicht um Gefühle. Ich meine, es ging nicht um irgendwelche Gefühle für mich, es ging ihr nur ums Geld. Sie wollte jeden Cent, den sie kriegen konnte, und durch die Regelung, die Sara zu ihren Gunsten treffen wollte, bekam sie längst nicht soviel, um damit zufrieden zu sein.

Bei Polly war's das gleiche, vielleicht noch ein bißchen mehr. Sie liebt mich, glaube ich. Ich weiß nicht, wie sie mich hier ausfindig gemacht hat, nachdem sie in Wisconsin aus dem Knast entlassen wurde, aber ich kann mir denken, wie sie sich die Dinge vorstellte. Ich war mit einer reichen Frau verheiratet, und wenn die sterben würde – bei einem versuchten Raubüberfall von einem Gangster erschossen –, dann bekäme ich ihr Geld, und Polly hätte beides: mich und das Geld. Ich habe sie noch nicht gesehen, würde nicht mal wissen, daß sie in Baltimore ist, wenn Sie es mir nicht gesagt hätten, aber genau so stellte sie sich die Sache vor, da bin ich sicher. Und für Madeline lag die Idee, Sara umzubringen, ebenso nah wie für Polly. Ich hatte zu ihr gesagt, ich würde es nicht dulden, daß sie ihren Plan, was Sara anging, durchsetzte. Madeline wußte, wenn sie auf eigene Faust weitermachte und den Mord an Falsoner Sara anhängte, würde ich die ganze Chose hochgehen lassen. Aber wenn Sara sterben sollte, dann hätte ich das Geld, und sie würde sich ihren Anteil schon holen. Und so fädelte sie alles ein.

Ich wußte das nicht, bis Sie's mir gesagt haben, Rush. Mir ist völlig schnuppe, was Sie von mir denken, aber es ist Gottes reine Wahrheit, daß ich nicht gewußt habe, daß Polly oder Madeline versucht haben, Sara umbringen zu lassen. Tja, das ist so ungefähr alles. Haben Sie mich beschattet, als ich im Hotel war?«

»Yeah.«

»Das habe ich mir gedacht. In dem Brief, den ich geschrieben und nach Hause geschickt habe, steht etwa dasselbe, was ich Ihnen erzählt habe, in ihm habe ich alles gestanden. Ich wollte mich davonmachen, allerdings nicht, ohne Sara vorher über alles aufzuklären. Dafür ist gesorgt, so weit, so gut, doch jetzt muß ich der Sache ins Auge blikken. Ich möchte sie nicht wiedersehen, Rush.«

»Das kann ich mir vorstellen«, stimmte der Detektiv zu. »Nicht, nachdem Sie eine Mörderin aus ihr gemacht haben.«

»Aber das habe ich nicht«, protestierte Landow. »Das ist sie nicht. Ich habe vergessen, es Ihnen zu erzählen, aber in meinem Brief steht es drin. Jerome Falsoner war nicht tot, er lag nicht einmal im Sterben, als ich nach Sara in die Wohnung kam. Das Messer steckte viel zu weit oben in seiner Brust. Ich tötete ihn, indem ich es noch einmal in dieselbe Wunde stieß, aber weiter nach unten. Genau deswegen war ich doch hineingegangen, um sicherzugehen, daß er auch tatsächlich erledigt war!«

Alec Rush kniff seine grimmigen, blutunterlaufenen Augen zusammen und blickte dem Mann, der gerade ein Mordgeständnis abgelegt hatte, lange ins Gesicht.

»Das ist eine Lüge«, krächzte er schließlich, »aber eine anständige. Sind Sie sicher, daß Sie dabei bleiben wollen? Die Wahrheit wird genügen, um das Mädchen zu entlasten, und bringt Sie vielleicht nicht an den Galgen.«

»Was macht das denn schon aus?« fragte der Jüngere. »Ich bin sowieso ein toter Mann. Und ich kann Sara sowohl vor sich selbst als auch vor dem Gesetz freisprechen. Ich bin zu Recht geschnappt worden, und eine Anklage mehr tut mir nicht weh. Ich habe Ihnen doch gesagt, Madeline hatte Köpfchen. Davor hatte ich Angst. Sie würde etwas in petto haben, um sich auf uns zu stürzen – um Sara zu vernichten. Sie konnte mich ohne Schwierigkeiten reinlegen. Ich durfte kein Risiko eingehen.«

Er lachte Alec Rush in sein häßliches Gesicht und zog mit einer ziemlich theatralischen Gebärde eine Manschette um ein, zwei Zoll aus dem Ärmel seines Mantels. Die Manschette war noch feucht, ein rotbrauner Fleck bedeckte sie.

»Ich habe Madeline vor einer Stunde getötet«, sagte Henry Bangs alias Hubert Landow.

(erstmals in: »The Black Mask«, Feb. 1926)

Nachtschatten

Eine Limousine mit ausgeschalteten Scheinwerfern stand neben der Straße gleich oberhalb der Piney-Falls-Brücke, und als ich daran vorbeifuhr, streckte ein Mädchen den Kopf heraus und sagte: »Bitte.« Ihre Stimme war drängend, aber es lag nicht genügend Aufgeregtheit darin, um sie scharf oder schrill klingen zu lassen.

Ich trat auf die Bremsen, dann setzte ich zurück. Inzwischen war ein Mann aus der Limousine gestiegen. Es war so hell, daß ich sehen konnte, daß er jung und ziemlich groß war. Er bewegte eine Hand in die Richtung, in die ich gefahren war, und sagte: »Fahr weiter, Kumpel.«

Das Mädchen sagte wieder: »Würden Sie mich bitte in die Stadt fahren?« Sie schien zu versuchen, den Wagenschlag der Limousine zu öffnen. Ihr Hut war nach vorn über ein Auge geschoben.

Ich sagte: »Natürlich.«

Der Mann auf der Straße machte einen Schritt auf mich zu, bewegte seine Hand wie vorher und knurrte: »Hau ab, du.«

Ich stieg aus meinem Wagen. Der Mann auf der Straße war schon auf mich losgestürzt, als plötzlich die Stimme eines anderen Mannes aus der Limousine zu hören war, eine scharfe, warnende Stimme. »Sachte, Tony. Es ist Jack Bye.« Die Tür der Limousine schwang auf, und das Mädchen sprang heraus.

Tony sagte: »Oh!«, und seine Füße schlurften unsicher über die Straße; aber als er sah, daß das Mädchen auf meinen Wagen zulief, rief er ihr aufgebracht zu: »Hör mal, du kannst nicht in die Stadt fahren mit –«

Sie saß inzwischen in meinem Roadster. »Gute Nacht«, sagte sie.

Er stand vor mir, schüttelte störrisch den Kopf und begann: »Ich will verdammt sein, wenn ich zulasse –«

Ich versetzte ihm einen Schlag. Daß ich ihn zu Boden schlug, war ziemliches Glück, denn ich traf ihn zwar hart, aber ich glaube, er hätte auch wieder aufstehen können, wenn er gewollt hätte. Ich gab ihm etwas Zeit, dann fragte ich den Burschen in der Limousine: »Mit Ihnen alles in Ordnung?« Ich konnte ihn immer noch nicht sehen.

»Er kommt schon klar«, erwiderte er rasch. »Ich kümmere mich um ihn.«

»Danke.« Ich stieg in meinen Wagen neben das Mädchen. Der Regen, vor dem ich die Stadt eigentlich noch hatte erreichen wollen, begann zu fallen. Ein Coupé mit einem Mann und einer Frau darin fuhr in unserer Richtung an uns vorbei. Wir folgten ihm über die Brücke.

Das Mädchen sagte: »Das ist furchtbar nett von

Ihnen. Ich war da eben zwar nicht in Gefahr, aber es war – ekelhaft.«

»Sie sind nie gefährlich«, sagte ich, »aber sie sind immer – ekelhaft.«

»Sie kennen sie?«

»Nein.«

»Aber die kannten Sie. Tony Forrest und Fred Barnes.« Als ich nichts sagte, setzte sie hinzu: »Sie hatten Angst vor Ihnen.«

»Ich bin ein verwegener Typ.«

Sie lachte. »Aber auch ziemlich nett heute abend. Allein wär ich mit keinem von den beiden losgezogen, aber ich dachte, mit zweien ...« Sie schlug ihren Mantelkragen hoch. »Es regnet rein.«

Ich hielt den Roadster an und suchte nach der Abdeckung, die auf ihrer Seite an den Wagen gehörte. »Sie heißen also Jack Bye«, sagte sie, während ich das Ding einschnappen ließ.

»Und Sie Helen Warner.«

»Woher wissen Sie das?« Sie hatte ihren Hut geradegerückt.

»Ich habe Sie schon hier und da gesehen.«

Ich war mit der Abdeckung fertig und stieg wieder ein.

»Wußten Sie, daß ich es war, als ich Sie rief?« fragte sie, als wir wieder fuhren.

»Ja.«

»Es war dumm von mir, einfach so mit denen wegzufahren.«

»Sie zittern ja.«

»Es ist kalt.«

Ich sagte, leider sei mein Flachmann leer.

Inzwischen waren wir ins westliche Ende der Hellman Avenue eingebogen. Es war vier Minuten nach zehn auf der Uhr vor dem Juweliergeschäft an der Ecke zur Laurel Street. Ein Polizist in einem schwarzen Gummimantel lehnte an der Uhr. Ich wußte nicht genug über Parfums, um den Namen von ihrem zu kennen.

Sie sagte: »Mir ist kalt. Können wir nicht irgendwo halten und was trinken?«

»Möchten Sie das wirklich?« Meine Stimme muß sie verwirrt haben; rasch drehte sie ihren Kopf zu mir herum und blickte mich in dem schwachen Licht forschend an.

»Ja, gern«, sagte sie, »wenn Sie es nicht eilig haben.«

»Nein. Wir könnten ins Mack's gehen. Es ist nur drei oder vier Blocks von hier, aber – es ist ein Niggerladen.«

Sie lachte. »Ich verlange nur, daß ich nicht vergiftet werde.«

»Bestimmt nicht, aber sind Sie sicher, daß Sie da hinwollen?«

»Natürlich.« Sie übertrieb ihr Zittern. »Mir ist kalt. Und es ist noch früh.«

Toots Mack öffnete seine Tür für uns. Ich erkannte an der Höflichkeit, mit der er seinen runden, kahlen Kopf neigte und »Guten Abend, Sir, guten Abend, Madam« sagte, daß ihm lieber gewesen wäre, wir wären woandershin gegangen, aber mich interessierte nicht besonders, wie er darüber dachte. Ich sagte: »Hallo, Toots, wie geht's dir heute abend?« Zu aufgeräumt.

Es waren nur wenige Gäste in dem Laden. Wir gingen zu dem Tisch in der Ecke, die am weitesten vom Klavier weg war. Plötzlich starrte sie mich an, und ihre Augen, bereits sehr blau, wurden sehr rund.

»Ich dachte, Sie konnten im Wagen sehen –«, begann ich.

»Wo haben Sie denn diese Narbe her?« fiel sie mir ins Wort. Sie setzte sich.

»Die.« Ich legte die Hand an meine Wange. »Ein Streit – vor ein paar Jahren. Sie sollten mal die auf meiner Brust sehen.«

»Wir müssen irgendwann mal schwimmen gehen«, sagte sie munter. »Bitte, setzen Sie sich und lassen Sie mich nicht auf meinen Drink warten.«

»Sind Sie sicher, daß Sie –«

Sie begann, leise zu singen, während sie mit den Fingern auf dem Tisch den Takt dazu schlug: »Ich will einen Drink, ich will einen Drink, ich will einen Drink.« Ihr Mund war klein, mit vollen Lippen, und er bog sich nach oben, ohne breiter zu werden, wenn sie lächelte.

Wir bestellten Drinks. Wir redeten zu schnell. Wir machten Witze und lachten zu bereitwillig über sie. Wir stellten Fragen – eine war die nach dem Namen des Parfums, das sie benutzte – und schenkten den Antworten zuviel oder gar keine Beachtung. Und Toots sah niedergeschlagen hinter seiner Bar hervor und zu uns herüber, wenn er meinte, wir guckten ihn nicht an. Es war alles ziemlich gräßlich.

Wir nahmen noch einen Drink, und dann sagte ich: »Na, dann ziehen wir mal weiter.«

Ihr war darum zu tun, den Eindruck zu erwekken, als wolle sie weder allzu bereitwillig gehen noch bleiben. Die Spitzen ihres hellblonden Haars lockten sich hinten über den Rand ihres Hutes nach oben.

An der Tür sagte ich: »Hören Sie zu, um die Ekke ist ein Taxistand. Es macht Ihnen doch nichts aus, wenn ich Sie nicht nach Hause bringe?«

Sie legte mir eine Hand auf den Arm. »Es macht mir was aus. Bitte –« Die Straße war schlecht beleuchtet. Ihr Gesicht war wie das eines Kindes. Sie nahm die Hand von meinem Arm. »Aber wenn Sie lieber –«

»Ich glaube, ja.«

Sie sagte langsam: »Ich mag Sie, Jack Bye, und ich bin Ihnen wahnsinnig dankbar, daß Sie –«

Ich sagte: »Oh, ist schon gut«, und wir gaben uns die Hand, und ich ging zurück in die Flüsterkneipe.

Toots stand noch hinter der Bar. Er kam zu mir herüber. »So was solltest du mir nicht antun«, sagte er und schüttelte betrübt den Kopf.

»Ich weiß. Tut mir leid.«

»Du solltest es dir auch selbst nicht antun«, fuhr er ebenso traurig fort. »Das hier is nich Harlem, mein Junge, und wenn der alte Richter Warner spitzkriegt, daß seine Tochter mit dir in der Gegend rumzieht und hier reingeht, dann kann es für uns beide sehr unangenehm werden. Ich mag dich, mein Junge, aber du darfst nicht vergessen, ganz egal, wie hell deine Haut auch ist, oder auf wie viele Colleges du gegangen bist, du bist trotzdem 'n Nigger.«

Ich sagte: »Tja, was meinst du denn, was ich sein möchte? Ein Chinese?«

(erstmals in: »Mystery League Magazine«, Okt. 1933)

Glitschige Finger

Sie sind natürlich bereits vertraut mit den Einzelheiten des – äh – Todes meines Vaters?«

»Die Zeitungen sind voll davon, und das schon seit drei Tagen«, sagte ich, »und ich habe sie gelesen; aber ich möchte die ganze Geschichte noch mal aus erster Hand hören.«

»Es gibt nicht sehr viel zu erzählen.«

Frederick Grover war ein kleiner, schlanker Mann von etwas unter dreißig und gekleidet wie ein Foto aus *Vanity Fair*. Seine fast mädchenhaften Gesichtszüge und die helle Stimme taten nichts, um ihn eindrucksvoller erscheinen zu lassen, aber nach wenigen Minuten vergaß ich diese Dinge allmählich. Er war kein Gimpel. Ich wußte, daß er bei denen in der Stadt, wo er dabei war, mit atemberaubender Geschwindigkeit ein großes und lebhaftes Aktien- und Wertpapierunternehmen aufzubauen, ohne sich auf allzuviel Hilfe durch die väterlichen Millionen zu verlassen, als scharfsinniger Bursche galt; und ich war nicht überrascht, als mir Benny Forman, der es wissen sollte, später erzählte, daß Frederick Grover der beste Pokerspieler westlich von Chicago sei.

»Vater hat hier seit Mutters Tod vor zwei Jahren

allein mit dem Hauspersonal gelebt«, fuhr er fort. »Ich bin verheiratet, wissen Sie, und wohne in der Stadt. Letzten Samstagabend schickte Vater Barton – Barton war sein Butler und Kammerdiener, und das schon seit einer ganzen Reihe von Jahren – kurz nach neun schlafen, wobei er sagte, er wolle nicht mehr gestört werden.

Vater saß dann hier in der Bibliothek und sah einige Papiere durch. Die Zimmer des Personals gehen nach hinten hinaus, und niemand von den Hausangestellten scheint in der Nacht irgend etwas gehört zu haben.

Um halb acht am folgenden Morgen – Sonntag – fand Barton Vater auf dem Boden liegen, gleich rechts von dort, wo Sie jetzt sitzen, tot, und das Messingmesser, das er immer hier auf dem Tisch liegen hatte, steckte in seinem Hals. Die Haustür war angelehnt.

Die Polizei fand blutige Fingerabdrücke auf dem Messer, dem Tisch und an der Haustür; aber bis jetzt hat man den, der die Abdrücke hinterlassen hat, nicht gefunden, und das ist auch der Grund, weshalb ich mich an Ihre Agentur wende. Der Arzt, den die Polizei mitgebracht hatte, sagte, der Tod sei zwischen elf Uhr und Mitternacht eingetreten.

Später, am Montag, erfuhren wir, daß Vater am Samstagmorgen zehntausend Dollar in Hundertdollarscheinen von der Bank geholt hatte. Von dem Geld fehlt jede Spur. Meine Fingerabdrücke und die des Personals wurden mit denen verglichen, die die Polizei gefunden hat; es gab keine Übereinstimmungen. Ich glaube, das ist alles.«

»Wissen Sie, ob Ihr Vater irgendwelche Feinde hatte?«

»Ich weiß von keinen, aber vielleicht hatte er welche. Verstehen Sie, eigentlich kannte ich meinen Vater nicht sehr gut. Er war ein sehr zurückhaltender Mensch, und bis er sich vor fünf Jahren zur Ruhe setzte, verbrachte er den größten Teil seines Lebens in Südamerika, wo die meisten seiner Bergbaubetriebe lagen. Er mag Dutzende von Feinden gehabt haben, allerdings scheint Barton – der ihn wahrscheinlich besser als sonst jemand kannte – von niemandem zu wissen, der Vater so sehr gehaßt haben könnte, daß er ihn hätte töten können.«

»Und wie sieht's mit Verwandten aus?«

»Ich war sein Erbe und einziger Sohn, wenn Sie das meinen. Soweit ich weiß, hatte er keine anderen lebenden Angehörigen.«

»Ich rede mal mit den Hausangestellten«, sagte ich.

Das Hausmädchen und die Köchin konnten mir nichts sagen, und von Barton erfuhr ich auch nicht viel mehr. Er war seit neunzehnhundertzwölf bei Henry Grover und mit ihm in Jünnan, Peru, Mexiko und Mittelamerika gewesen, aber augenscheinlich wußte er über die Geschäfte und Bekannten seines Herrn nur wenig oder gar nichts.

Er sagte, Grover sei ihm am Mordabend weder aufgeregt noch beunruhigt erschienen, und im übrigen habe Grover ihn fast jeden Abend etwa um diese Zeit schlafen geschickt, mit der Anweisung, ihn nicht mehr zu stören; diesem Teil der Geschichte war also keine Bedeutung beizumessen. Er wußte nicht, ob Grover während des Tages mit irgend jemandem in Kontakt getreten war, und von dem Geld, das Grover von der Bank geholt hatte, hatte er auch nichts gesehen.

Ich unternahm einen raschen Rundgang durchs Haus und über das Grundstück, ohne daß ich wirklich erwartete, etwas zu finden; und ich fand auch nichts. Die Hälfte der Aufträge, mit denen ein Privatdetektiv zu tun bekommt, sind wie dieser: drei oder vier Tage – und oft sind es Wochen statt Tage – sind vergangen, seit das Verbrechen begangen wurde. Die Polizei arbeitet an dem Fall, bis sie nicht weiterweiß; dann rufen die vom Verbrechen Betroffenen einen Privatdetektiv, stoßen ihn auf eine Spur, die alt und kalt und total zertrampelt ist, und erwarten – Na, schön! Schließlich habe ich mir diese Art, meine Mäuse zu verdienen, selbst ausgesucht, also ...

Ich sah Grovers Papiere durch – er hatte einen Safe und einen Schreibtisch, die voll davon waren –, fand aber nichts, um darüber in Verzückung zu geraten. Es handelte sich meistens um irgendwelche Zahlenreihen.

»Ich schicke einen Rechnungsprüfer hier raus,

daß er die Bücher Ihres Vaters mal durchgeht«, sagte ich zu Frederick Grover. »Geben Sie ihm alles, worum er Sie bittet, und weisen Sie auch die Bank an, daß man ihm hilft.«

Ich nahm eine Straßenbahn und fuhr zurück in die Stadt, rief Ned Root in seinem Büro an und hetzte ihn raus zu Grover. Ned ist eine menschliche Rechenmaschine mit einer fein ausgebildeten Nase und ebensolchen Augen und Ohren. Er riecht den schwachen Punkt in einem Stapel Bücher bereits, wenn ich erst nur die Deckel sehe.

»Wühl rum, bis du was findest, Ned, und du kannst Grover zur Last legen, was du willst. Gib mir einen Anhaltspunkt, damit ich weiterkomme – schnell!«

Der Mord besaß alle Merkmale eines Verbrechens, das aus einer Erpressung entstanden war, obwohl natürlich die Möglichkeit bestand – und die besteht immer –, daß was ganz anderes dahintersteckte. Aber nach der Tat eines persönlichen Feindes oder eines Einbrechers sah es nicht aus: beide würden eine Waffe mitgebracht und sich nicht darauf verlassen haben, an Ort und Stelle eine zu finden. Wenn natürlich Frederick Grover oder einer von den Hausangestellten Henry Grover getötet hatte ... aber die Fingerabdrücke sagten: »Nein.«

Einfach, um sicher zu gehen, verbrachte ich ein paar Stunden damit, mir Informationen über Frederick zu beschaffen. Er war in der Mordnacht auf einem Ball gewesen und hatte sich nie, soweit ich das rauskriegen konnte, mit seinem Vater gestritten; sein Vater war ihm gegenüber großzügig gewesen und hatte ihm gegeben, was er haben wollte, und Frederick nahm in seinem Maklerbüro mehr ein, als er ausgab. Ein Motiv für einen Mord schien es da auf den ersten Blick nicht zu geben.

Bei der Kripo in der Stadt scheuchte ich die Polizeischnüffler hoch, die auf den Mord angesetzt gewesen waren, Marty O'Hara und George Dean. Sie brauchten nicht lange, um mir zu erzählen, was sie wußten. Wer immer auch die blutigen Fingerabdrücke hinterlassen hatte, er war der Polizei nicht bekannt: sie hatten sie nicht in ihren Akten gefunden. Die Klassifizierungen waren in jede Großstadt im Land gefunkt worden, doch bislang ohne Ergebnis.

Vier Querstraßen von Grovers Haus entfernt war in der Mordnacht eingebrochen worden, und es bestand die vage Chance, daß derselbe Täter für beide Taten verantwortlich sein *könnte*. Aber der Einbruch hatte sich nach ein Uhr in der Nacht ereignet, was einen Zusammenhang nicht so plausibel erscheinen ließ. Ein Einbrecher, der einen Menschen umgebracht und obendrein vielleicht noch zehntausend Dollar hatte mitgehen lassen, hätte sich wohl kaum gleich anschließend noch an eine andere Sache gemacht.

Ich studierte das Messer, mit dem Grover getötet worden war, und die Fotos der blutigen Fingerabdrücke, aber sie halfen mir im Moment nicht viel weiter. Es schien mir nichts übrigzubleiben, als mich in Bewegung zu setzen und herumzusuchen, bis ich irgendwo irgend etwas zutage förderte.

Da ging die Tür auf, und Joseph Clane wurde ins Zimmer geführt, während O'Hara, Dean und ich uns noch unterhielten.

Clane war trotz seines blühenden Aussehens ein verbissener Mensch; fünfzig oder fünfundfünfzig, würde ich sagen, seine Augen, sein Mund, und was er sagte, war zwar voller Humor, enthielt aber nichts von dem, was manchmal die Milch der Menschenliebe genannt wird.

Er war ein hochgewachsener, bulliger Mann, der in einen engsitzenden, karierten Anzug gepfercht war, einen rehbraunen Hut trug, Lackschuhe mit lederfarbenen Einsätzen und was es sonst noch an Dingen gibt, die zu so einem Aufzug passen. Er hatte eine rauhe Stimme, die, wie sein hartes, rotes Gesicht, völlig ausdruckslos schien, und er hielt seinen Körper steif aufgerichtet, als habe er Angst, die Knöpfe an seinen zu engen Kleidern könnten jeden Moment wegplatzen. Auch die Arme hingen ihm hölzern an den Seiten herab, mit dicken Fingern, die reglos, wie ohne Leben waren.

Er kam sofort zur Sache. Er sei ein Freund des Ermordeten gewesen und denke, was er uns erzählen könne, sei vielleicht von Wichtigkeit.

Er hatte Henry Grover – er nannte ihn »Henny«

– achtzehnhundertvierundneunzig in Ontario kennengelernt, wo Grover einen Claim bearbeitete, die Goldmine, mit der der Ermordete seinen Weg zum Reichtum begonnen hatte. Grover hatte Clane als Vorarbeiter eingestellt, und die beiden waren enge Freunde geworden. Ein Mann namens Denis Waldeman hatte einen Claim direkt neben dem von Grover gehabt, und irgendwann war es wegen der Grenzen zum Streit gekommen. Die Sache hatte einige Zeit gedauert, und die Männer waren sich ein-, zweimal richtig in die Haare geraten, aber schließlich schien Grover die Oberhand gewonnen zu haben, denn Waldeman verließ plötzlich das Land.

Clanes Gedanke war, wenn wir Waldeman finden könnten, würden wir möglicherweise auch Grovers Mörder finden, denn Waldeman sei »fraglos eine fiese Nummer« gewesen und habe seine Niederlage wohl kaum vergessen.

Clane und Grover waren in Kontakt geblieben, hatten in unregelmäßigen Abständen miteinander korrespondiert, sich manchmal auch getroffen, aber der Ermordete hatte nie etwas gesagt oder geschrieben, was ein Licht auf seinen Tod hätte werfen können. Auch Clane hatte das Schürfen aufgegeben und besaß nun einen kleinen Rennstall, der seine ganze Zeit in Anspruch nahm.

Er war zur Erholung zwischen zwei Rennterminen in der Stadt, war zwei Tage vor dem Mord angekommen, aber zu sehr mit seinen eigenen Angelegenheiten beschäftigt gewesen – er hatte seinen Trainer entlassen und versuchte gerade, einen neuen zu finden –, um bei seinem Freund vorbeizuschauen. Clane wohnte im Marquis Hotel und wollte noch eine Woche in der Stadt bleiben.

»Warum haben Sie drei Tage gewartet, ehe Sie hergekommen sind, um uns das alles zu erzählen?« fragte ihn Dean.

»Ich war mir ganz und gar nicht sicher, ob ich das überhaupt müßte. Im übrigen war ich mir innerlich nie ganz sicher, ob Henny nicht vielleicht doch was getan hatte, daß dieser Waldeman – er war so plötzlich vom Erdboden verschwunden. Und ich wollte nichts unternehmen, was Hennys Namen in den Dreck ziehen könnte. Aber am Ende entschloß ich mich, zu tun, was zu tun war. Und dann ist da noch was: Sie haben in Hennys Haus doch Fingerabdrücke gefunden, stimmt's? In den Zeitungen stand so was.«

»Haben wir.«

»Also, ich möchte, daß Sie meine Abdrücke nehmen und sie mit denen vergleichen. Ich war in der Mordnacht mit 'm Mädchen aus« – plötzlich grinste er prahlerisch – »die ganze Nacht! Und sie ist 'n gutes Mädchen, hat 'n Mann und 'ne Menge Verwandte; und es wär nicht recht, sie in die Sache reinzuziehen, um zu beweisen, daß ich nicht bei Henny war, als er ermordet wurde, falls Sie vielleicht denken sollten, ich hab ihn umgebracht. Deshalb dachte ich mir, ich komm am besten her, erzähl Ihnen alles, laß mir die Abdrücke abnehmen und bring die Sache hinter mich.«

Wir gingen rauf zum Erkennungsdienst. Clanes Fingerabdrücke glichen denen des Mörders nicht im geringsten.

Nachdem wir Clane ausgequetscht hatten, ging ich weg und schickte ein Telegramm an unser Büro in Toronto, in dem ich bat, mir Informationen über die Waldeman-Angelegenheit zu schicken. Dann stöberte ich ein paar Knaben auf, die, ob sie nun essen, schlafen oder auch nur atmen, nichts anderes als Pferderennen im Kopf haben. Sie erzählten mir, daß Clane in Rennkreisen als Besitzer einer kleinen Koppel von Galoppern bekannt sei, die so unregelmäßig liefen, wie die Rennkommissare das nur zuließen.

Im Marquis Hotel bekam ich den Hausdetektiv zu fassen, der ein hilfsbereiter Bursche ist, solange ihm die Hand geschmiert wird. Er bestätigte meine Informationen über Clanes Stellung in der Sportwelt und berichtete mir, daß Clane innerhalb der letzten paar Jahre immer wieder mal für ein paar Tage im Marquis gewohnt habe.

Er versuchte, für mich rauszufinden, mit wem Clane seit seiner Ankunft telefoniert hatte, aber – wie üblich, wenn man das erfahren will – die Unterlagen waren durcheinandergeraten. Ich arrangierte es, daß die Mädchen in der Vermittlung alle Gespräche mithörten, die er in den nächsten Tagen führen würde.

Ned Root wartete bereits auf mich, als ich am nächsten Morgen ins Büro kam. Er hatte die ganze Nacht über Grovers Geschäftsbücher durchgeakkert und genug gefunden, um mir einen Einstieg zu ermöglichen. Innerhalb des vergangenen Jahres – so weit war Ned zurückgegangen – hatte Grover von seinen Bankkonten fast fünfzigtausend Dollar abgehoben, die nicht belegt werden konnten, fast fünfzigtausend ohne die zehntausend, die er am Tag vor dem Mord abgehoben hatte. Ned gab mir die Summen und Daten:

6. Mai 1922	$ 15 000
10. Juni 1922	$ 5 000
1. August 1922	$ 5 000
10. Oktober 1922	$ 10 000
3. Januar 1923	$ 12 500

Siebenundvierzigtausendfünfhundert Dollar! Irgend jemand fraß sich auf Grovers Kosten fett!

Die Telegrafengesellschaften erhoben das übliche Geschrei über die Respektierung der Privatsphäre ihrer Kunden, aber ich bekam von der Staatsanwaltschaft eine amtliche Verfügung und setzte überall einen Beamten an die Akten.

Dann fuhr ich wieder ins Marquis und sah mir die alten Gästelisten an. Clane hatte dort im letzten Jahr vom 4. bis zum 7. Mai und vom 8. bis zum 15. Oktober gewohnt. Das schnitt sich mit zwei der Daten, an denen Grover seine Abhebungen gemacht hatte.

Ich mußte bis fast sechs Uhr auf meine Informationen von den Telegrafengesellschaften warten, aber das Warten lohnte sich. Am 3. Januar dieses Jahres hatte Henry Grover zwölftausendfünfhundert Dollar telegrafisch an Joseph Clane in San Diego überwiesen. Über die anderen Daten, die ich den Beamten gegeben hatte, hatten sie nichts herausgefunden, aber ich war trotzdem absolut nicht enttäuscht. Ich hatte Joseph Clane als den Mann identifiziert, der sich an Grover schadlos gehalten hatte.

Ich schickte Dick Foley – er ist das Beschattungs-As der Agentur – und Bob Teal – ein junger Kerl, der eines Tages der Welt bester Detektiv sein wird – rüber in Clanes Hotel.

»Pflanzt euch in die Lobby«, sagte ich zu ihnen. »Ich komme in ein paar Minuten rüber, um mit Clane zu reden, und werde versuchen, ihn runter in die Lobby zu bringen, wo ihr ihn euch in aller Ruhe ansehen könnt. Dann will ich, daß ihr ihn beobachtet, bis er morgen früh im Polizeipräsidium aufkreuzt. Ich will wissen, wo er hingeht und mit wem er spricht. Und wenn er mit jemandem lange spricht oder ihre Unterhaltung sehr wichtig zu sein scheint, dann möchte ich, daß einer von euch sich an seinen Gesprächspartner hängt, um rauszukriegen, wer er ist und was er macht. Falls Clane versucht, aus der Stadt abzuhauen, nehmt ihn fest und laßt ihn einbuchten.«

Ich ließ Dick und Bob genügend Zeit, um Posten

zu beziehen, dann ging ich selbst ins Hotel. Clane war weggegangen, also wartete ich. Er kam kurz nach elf zurück, und ich ging mit ihm rauf in sein Zimmer. Ich druckste nicht lange rum, sondern fiel sofort mit der Tür ins Haus:

»Alles deutet darauf hin, daß Grover erpreßt worden ist. Wissen Sie irgendwas darüber?«

»Nein«, sagte er.

»Grover zog von seinen Banken zu verschiedenen Zeiten ziemlich viel Geld ab. Ich weiß, daß Sie einiges davon bekommen haben, ich nehme sogar an, das meiste. Wie steht's damit?«

Er tat nicht so, als sei er beleidigt oder auch nur überrascht durch das, was ich da sagte. Er lächelte vielleicht ein bißchen grimmig, aber so, als halte er es für das Natürlichste von der Welt, daß ich ihn verdächtigte.

»Ich habe Ihnen doch erzählt, daß ich und Henny ziemlich dick befreundet waren, nicht wahr? Tja also, Sie sollten wissen, daß wir alle, die wir mit Gäulen rumspielen, unsere Pechsträhnen haben. Immer wenn ich in eine reingeriet, haute ich Henny um 'ne Dotierung an; wie zum Beispiel letzten Winter in Tijuana, wo ich 'ne Menge Pech hatte. Henny borgte mir zwölf- oder fünfzehntausend, und ich kam wieder auf die Beine. Ich hab das oft gemacht. Er müßte einige von meinen Briefen und Kabeln bei seinen Sachen haben. Wenn Sie seine Unterlagen durchsehen, werden Sie sicher was finden.«

Ich tat nicht so, als glaubte ich ihm.

»Wie wär's, wenn Sie morgen früh um neun im Polizeipräsidium vorbeischauten und wir alles noch mal mit den Kripo-Leuten durchgingen?« fragte ich ihn.

Und dann, um mein Manöver noch überzeugender zu machen:

»Ich würd's nicht viel später als neun werden lassen – man könnte sonst nach Ihnen suchen.«

»Aha«, war alles, was ich als Antwort erhielt.

Ich ging zurück zur Agentur und postierte mich in Erwartung der Nachrichten von Dick und Bob in Reichweite des Telefons. Meiner Meinung nach stand ich fabelhaft da. Clane hatte Grover erpreßt – da hatte ich auch nicht den geringsten Zweifel –, und wie ich die Sache sah, war er auch nicht sehr weit gewesen, als Grover umgebracht wurde. Sein Alibi mit dieser Frau hörte sich von A bis Z erlogen an!

Aber die blutigen Fingerabdrücke waren nicht von Clane – es sei denn, der Erkennungsdienst der Polizei hatte einen groben Schnitzer gemacht –, und eigentlich war derjenige, der die Abdrücke hinterlassen hatte, ja der Bursche, hinter dem ich her war. Clane hatte zwischen dem Mord und seinem Erscheinen im Präsidium drei Tage verstreichen lassen. Die natürliche Erklärung dafür wäre gewesen, daß sein Kompagnon, der tatsächliche Mörder, soviel Zeit gebraucht hatte, um sich von allem Verdacht zu befreien.

Meine jetzige Taktik war einfach: Ich hatte Clane damit aufgescheucht, daß er noch immer verdächtigt werde, wobei ich hoffte, daß er alle Vorsichtsmaßnahmen wiederholen würde, die nötig waren, um erst einmal seinen Komplizen zu schützen.

Damals hatte er drei Tage gebraucht. Ich gab ihm jetzt etwa neun Stunden: Zeit genug, um etwas zu unternehmen, aber nicht zuviel Zeit, wobei ich hoffte, daß er die Dinge ziemlich beschleunigen müsse und daß er in seiner Eile Dick und Bob die Möglichkeit gäbe, seinen Kumpel aufzustöbern.

Um Viertel vor eins in der Nacht rief Dick an und berichtete mir, daß Clane wenige Minuten nach mir das Hotel verlassen habe, zu einem Apartmenthaus in der Polk Street gegangen sei und sich noch immer dort aufhalte.

Ich fuhr in die Polk Street zu Dick und Bob. Sie erzählten mir, Clane sei im Apartment Nummer siebenundzwanzig verschwunden, und der Wegweiser im Vestibül besage, daß diese Wohnung von einem George Farr bewohnt werde. Ich blieb bis zwei bei den Jungs, dann fuhr ich heim, um mich etwas schlafen zu legen.

Um sieben war ich wieder bei ihnen und erfuhr, daß unser Mann noch nicht wieder aufgetaucht war. Es war kurz nach acht, als er herauskam und die Geary Street hinunterging. Die Jungs zottelten hinter ihm her, und ich ging in das Apartmenthaus, um mit dem Vermieter zu reden. Er sagte mir, daß Farr dort schon vier oder fünf Monate wohne, allein lebe und von Beruf Fotograf sei.

Ich ging rauf und klingelte. Farr war ein stämmiger Bursche von dreißig oder zweiunddreißig Jahren mit trüben Augen, die aussahen, als hätten sie die Nacht nicht viel Schlaf bekommen. Ich verschwendete mit ihm nicht viel Zeit.

»Ich bin von der Continental Detective Agency und an Joseph Clane interessiert. Was wissen Sie über ihn?«

Er war jetzt hellwach.

»Nichts.«

»Kennen Sie ihn?«

»Nein.«

»Farr«, sagte ich, »ich möchte, daß Sie mit mir runter ins Polizeipräsidium fahren.«

Er bewegte sich wie ein Blitz, und seine störrische Art hatte mich ein bißchen unvorsichtig werden lassen; aber ich drehte den Kopf gerade noch rechtzeitig, um den Hieb über dem Ohr statt am Kinn abzukriegen. Trotzdem hob er mich von den Füßen, und ich hätte keinen Nickel drum gewettet, daß in meinem Schädel kein Loch wäre; aber ich hatte Glück und fiel über die Schwelle, womit ich die Tür offen hielt, rappelte mich mühsam wieder hoch, taumelte durch ein paar Zimmer und erwischte einen von seinen Füßen, als der gerade durchs Badezimmerfenster steigen wollte, um sich seinem Kompagnon über die Feuertreppe anzuschließen. Ich erntete im Handgemenge eine aufgeplatzte Lippe, aber nach einer Weile war Farr wieder ganz artig.

Ich hielt mich nicht damit auf, mir seine Sachen anzusehen – das konnte später eingehender getan werden –, sondern setzte ihn in eine Taxe und brachte ihn runter in die Hall of Justice. Ich fürchtete, wenn ich zu lange wartete, könnte Clane mir entkommen.

Clane fiel der Kiefer runter, als er Farr sah, aber keiner von beiden sagte ein Wort.

Trotz meiner blauen Flecken fühlte ich mich ziemlich heiter.

»Nehmen wir dem Kerl hier die Fingerabdrücke ab und bringen's endlich hinter uns«, sagte ich zu O'Hara.

Dean war nicht da.

»Und hab ein Auge auf Clane. Ich denke, er wird uns in ein paar Minuten vielleicht eine andere Geschichte zu erzählen haben.«

Wir stiegen in den Aufzug und brachten unsere Männer rauf zum Erkennungsdienst, wo wir Farrs Finger auf das Stempelkissen drückten. Phels – er ist der Experte der Abteilung – warf einen Blick auf die Ergebnisse und wandte sich mir zu.

»Tja, und was nun?«

»Wieso was nun?« fragte ich.

»Das ist nicht der Mann, der Henry Grover getötet hat!«

Clane lachte, Farr lachte, O'Hara lachte und

Phels lachte. Ich nicht! Ich stand da und tat so, als dächte ich nach, während ich versuchte, mich wieder in den Griff zu kriegen.

»Bist du sicher, daß du keinen Fehler gemacht hast?« stieß ich hervor.

Daran sieht man, wie entsetzlich fassungslos ich war: Es ist schlicht Selbstmord, so was zu einem Fingerabdrucksspezialisten zu sagen!

Phels antwortete nicht; er sah mich nur von oben bis unten an.

Clane lachte wieder und drehte mir sein häßliches Gesicht zu.

»Wollen Sie mir vielleicht noch mal die Fingerabdrücke abnehmen, Herr Detektiv?«

»Yeah«, sagte ich, »genau das!«

Ich mußte irgendwas sagen.

Clane streckte seine Hände Phels entgegen, der sie ignorierte und sich mit beißendem Spott an mich wandte:

»Am besten machst du das diesmal selber, damit du sicher bist, daß auch alles in Ordnung ist.«

Ich war total außer mir – natürlich war es mein eigener Fehler –, aber ich hatte mich genug verrannt, um, was es auch war, bis zum Ende durchzuziehen, besonders wenn ich damit jemanden verletzen konnte, und deshalb sagte ich:

»Gar keine schlechte Idee!«

Ich ging rüber und griff nach einer von Clanes Händen. Ich hatte das zwar noch nie gemacht, aber ich hatte oft genug gesehen, wie es funktioniert, um mich irgendwie rauszuwinden. Ich fing an, Clane die Finger einzufärben, und stellte fest, daß ich sie falsch hielt – meine eigenen Hände waren mir dabei im Wege.

Dann kam ich dahinter, was wirklich los war. Die Kuppen von Clanes Fingern waren zu glatt – oder vielmehr zu rutschig –, ohne das leicht Haftende, das nun mal zur menschlichen Haut gehört. Ich drehte seine Hand so schnell herum, daß ich ihn beinahe zu Fall gebracht hätte, und betrachtete mir seine Finger. Ich wußte nicht, was ich zu finden erwartet hatte, und ich fand auch nichts – zumindest nichts, das ich hätte benennen können.

»Phels«, rief ich, »sieh dir das mal an!«

Er vergaß seine verletzten Gefühle, beugte sich vor und sah sich Clanes Hand an.

»Da soll doch –«, begann er, und dann waren wir beide ein paar Minuten lang damit beschäftigt, Clane niederzuringen und uns auf ihn zu setzen, während O'Hara Farr beruhigte, der plötzlich ebenfalls in Bewegung geraten war.

Als alles wieder friedlich war, untersuchte Phels sorgfältig Clanes Hände und kratzte mit dem Fingernagel an ihnen.

Dann sprang er auf, wobei er es mir überließ, Clane festzuhalten, und sich um mein »Was ist es?« nicht kümmerte. Er holte ein Tuch und irgendeine Flüssigkeit und reinigte Clane gründlich die Finger. Wir nahmen ihm noch einmal die Fingerabdrücke ab. Sie stimmten mit den blutigen im Hause von Grover überein!

Dann setzten wir uns alle hin und hielten einen netten Plausch.

»Ich habe Ihnen doch von den Scherereien erzählt, die Henny mit diesem Waldeman hatte«, begann Clane, nachdem er und Farr sich entschlossen hatten auszupacken: es blieb ihnen ja auch nichts anderes übrig. »Und daß er sich bei dem Streit schließlich durchsetzte, weil Waldeman verschwand. Naja, Henny hat ihn umgelegt, er erschoß ihn eines Nachts und verscharrte ihn – und ich beobachtete ihn dabei. Grover war damals ein gefährlicher Bursche, ein viel zu unangenehmer *hombre*, um sich mit ihm einzulassen, deshalb versuchte ich gar nicht, viel Wesens aus dem zu machen, was ich gesehen hatte.

Aber als er älter und reicher wurde, wurde auch er weicher – viele Menschen werden das – und hat sich wohl mit der Sache rumgequält; denn als ich ihn vor ungefähr vier Jahren zufällig in New York traf, brauchte ich nicht lange, um rauszufinden, daß er ganz schön zahm geworden war, und er erzählte mir, daß er den Ausdruck in Waldemans Gesicht, als er ihm die Kugel verpaßte, nie habe vergessen können.

Darum ergriff ich die Gelegenheit und ging Henny um ein paar Tausend an. Ich kriegte sie ohne weiteres, und immer, wenn ich später mal wieder pleite war, fuhr ich entweder zu ihm hin oder schrieb ihm ein paar Worte, und jedes Mal rückte er mit den Kröten raus. Aber ich achtete darauf, daß ich ihm nicht allzusehr im Nacken saß. Ich wußte, was für ein Teufel er früher gewesen war, und wollte ihn nicht so weit bringen, daß er verrückt spielte.

Aber genau das passierte schließlich. Freitag sagte ich ihm am Telefon, daß ich Geld brauchte, und er sagte, er rufe mich wieder an und gebe mir Bescheid, wo ich ihn am nächsten Abend treffen könne. Samstag abend gegen halb zehn klingelte mein Telefon, und er forderte mich auf, zu ihm zu kommen. Ich fuhr zu ihm raus, und er erwartete mich auf der Terrasse, brachte mich nach oben und gab mir die Zehntausend.

Natürlich wollte ich gleich wieder weg, als ich das Geld hatte, aber ihm muß zur Abwechslung mal irgendwie nach Reden zumute gewesen sein, denn er hielt mich da 'ne halbe Stunde oder so fest und quasselte über Leute, die wir oben in Kanada gekannt hatten.

Nach 'ner Weile fing ich an, nervös zu werden. Er bekam plötzlich diesen Blick, wie er ihn gehabt hatte, als er noch jung gewesen war. Und dann brauste er mit einemmal auf und ging auf mich los. Er packte mich an der Gurgel und bog mich nach hinten über den Tisch, als meine Hand plötzlich gegen dieses Messingmesser stieß. Die Frage war, ich oder er – und da stieß ich es ihm dahin, wo es den größten Nutzen haben würde.

Dann haute ich ab und fuhr ins Hotel zurück. Die Zeitungen waren am nächsten Tag voll davon und brachten jede Menge Zeugs über blutige Fingerabdrücke. Das gab mir 'nen Schock! Ich wußte rein gar nichts über Fingerabdrücke und solche Dinge, und da hatte ich sie in der ganzen verdammten Bude hinterlassen.

Und dann fing ich an, mich wegen der ganzen Sache zu ängstigen, und mir kam der Gedanke, daß Henny meinen Namen irgendwo unter seinen Papieren haben mußte, und vielleicht hatte er ja ein paar von meinen Briefen und Telegrammen aufgehoben. Ich meinte, früher oder später würde die Polizei mir ein paar Fragen stellen wollen, und ich säße da mit Fingern, die auf die blutigen Abdrücke paßten, und ohne etwas, was Farr ein Alibi genannt hätte.

In dem Moment fiel mir nämlich Farr ein. Ich hatte seine Adresse und wußte, daß er an der Ostküste Fingerabdrucksspezi gewesen war, und ich beschloß, es bei ihm zu versuchen. Ich ging zu ihm und erzählte ihm die ganze Geschichte, und wir knobelten miteinander aus, was zu tun wäre.

Er sagte, er würde meine Finger präparieren, und dann sollte ich zur Polizei gehen, die Geschichte erzählen, die wir uns ausgedacht hatten, und mir die Abdrücke abnehmen lassen, und dann wäre ich außer Gefahr, ganz egal, was über mich und Henny zutage käme. Er schmierte mir also die Finger ein und sagte, ich solle drauf achten, niemandem die Hand zu geben oder irgendwas anzufassen und ich tat, was er sagte, und alles lief wie am Schnürchen.

Dann kam dieser kleine fette Kerl« – er meinte mich – »gestern abend rüber ins Hotel und sagte mir praktisch, seiner Meinung nach hätte ich Henny umgebracht, und ich käme am besten heute morgen hierher. Ich rannte sofort zu Farr, um zu sehen, ob ich abhauen oder mich besser nicht vom Fleck rühren sollte, und Farr sagte: ›Bleib!‹ Ich blieb da, die ganze Nacht, und heute früh hat er mir die Hände gemacht.«

Phels wandte sich an Farr.

»Ich habe falsche Abdrücke schon früher gesehen, aber noch nie so gute. Wie haben Sie die denn gemacht?«

Diese wissenschaftlichen Typen sind schon ulkig. Da blickte dieser Farr als »Helfershelfer« einer netten langen Knaststrafe entgegen, und trotzdem fing er angesichts der Bewunderung in Phels' Ton an zu strahlen und antwortete mit einer Stimme, die vor Stolz fast platzte.

»Ganz einfach! Ich besorgte mir jemandem, von dem ich wußte, daß seine Fingerabdrücke in keinem Polizeiregister waren – ich wollte da keine Panne riskieren –, nahm seine Abdrücke und übertrug sie im üblichen Belichtungsverfahren auf eine Kupferplatte, wobei ich die Konturen ziemlich tief in das Metall ätzte. Dann überzog ich Clanes Finger mit Gelatine – nur so viel, um alle

Hautreliefs abzudecken – und drückte sie gegen die Platten. Auf die Weise bekam ich alles bis zur letzten Pore drauf, und ...«

Als ich zehn Minuten später das Büro verließ, saßen Farr und Phels immer noch Knie an Knie da und quasselten aufeinander ein, wie das nur zwei Leute können, die über dasselbe Thema völlig ausrasten.

(erstmals in: »The Black Mask«, Okt. 1923)

Hotelschnüffler

Der Detektiv, der normalerweise im Hotel Montgomery Dienst tat, hatte sich vom Hotelbootlegger* seinen letzten Wochenanteil in Naturalien statt in bar geben lassen, hatte ihn versoffen, war im Foyer eingeschlafen und gefeuert worden. Ich war damals zufällig der einzige im Moment unbeschäftigte Detektiv in der San Franciscoer Filiale der Continental Detective Agency, und so kam es, daß ich drei Tage lang den Hotelschnüffler spielen sollte, bis ein Mann gefunden sein würde, der den Job auf Dauer übernähme.

Das Montgomery ist ein ruhiges Hotel von der besseren Sorte, und so hatte ich's dort sehr behaglich – bis zum dritten und letzten Tag. Da änderte sich alles.

Ich kam am Nachmittag ins Foyer hinunter, wo ich auf Stacey traf, den zweiten Direktor, der schon nach mir suchte.

»Eins von den Zimmermädchen hat eben angerufen. Oben in 906 ist irgendwas nicht in Ordnung«, sagte er.

* Mit ›bootlegging‹ wurde während der Prohibition der Alkoholschmuggel bezeichnet/d. Übers.

Wir gingen zusammen zu dem Zimmer hoch. Die Tür war offen. In der Mitte des Raumes stand ein Zimmermädchen, das mit hervorquellenden Augen auf die geschlossene Tür des Kleiderschranks starrte. Darunter hervor schlängelte sich etwa einen Fuß lang ein schmales Blutrinnsal über den Boden auf uns zu.

Ich ging an dem Zimmermädchen vorbei und versuchte die Tür zu öffnen. Sie war nicht verschlossen, und ich machte sie auf. Langsam und steif sank mir ein Mann in die Arme – fiel rückwärts heraus –, im Rücken seines Jacketts sah ich einen fünfzehn Zentimeter langen senkrechten Schlitz, und der Stoff war naß und klebrig.

Das war durchaus keine Überraschung: das Blut auf dem Fußboden hatte mich auf so was Ähnliches vorbereitet. Aber als ihm ein zweiter Mann folgte – dieses Mal mit einem dunklen, verzerrten Gesicht, das mir zugekehrt war –, ließ ich den, den ich bereits aufgefangen hatte, fallen und sprang zurück.

Und während ich noch sprang, kam ein dritter Mann hinter den anderen herausgepurzelt.

In meinem Rücken ertönten ein Schrei und ein Bums, als das Zimmermädchen in Ohnmacht fiel. Ich fühlte mich selbst nicht allzu stark auf den Beinen. Ich bin keine sensible Pflanze und habe in meinem Leben eine Menge unschöner Dinge zu sehen bekommen, aber noch wochenlang später sah ich diese drei toten Männer aus dem Kleiderschrank fallen und zu meinen Füßen einen Haufen bilden, sah sie langsam – fast bedächtig – herauskommen, wie in einer gräßlichen Runde des Spiels »Tu, was ich tu«.

Schon auf den ersten Blick war nicht daran zu zweifeln, daß sie wirklich tot waren. Jede Einzelheit ihres Fallens, jede Einzelheit des Geklumps, in dem sie jetzt dalagen, unterstrich die grauenhafte Gewißheit, daß kein Leben mehr in ihnen war.

Ich drehte mich zu Stacey um, der, selbst totenblaß, sich nur auf den Beinen hielt, weil er sich an das Fußende des Messingbetts klammerte.

»Bringen Sie die Frau weg! Holen Sie Ärzte – die Polizei!«

Ich zerrte die drei Leichname auseinander und legte sie in einer grimmigen Reihe nebeneinander, die Gesichter nach oben. Dann überprüfte ich hastig das Zimmer.

Ein weicher Hut, der einem der Toten paßte, lag mitten auf dem unbenutzten Bett. Der Zimmerschlüssel steckte in der Tür: von innen. Blut war nirgendwo zu entdecken, bis auf das Rinnsal, das aus dem Schrank gesickert war, und der Raum zeigte keinerlei Anzeichen dafür, daß er der Schauplatz eines Kampfes gewesen war.

Die Tür zum Bad stand offen. In der Badewanne lag eine zerbrochene Flasche Gin, die, nach der Stärke des Geruchs und der Nässe der Wanne zu urteilen, fast voll gewesen war, als sie zu Bruch ging. In einer Ecke des Badezimmers fand ich ein Whiskyglas und ein zweites unter der Wanne. Beide waren trocken, sauber und geruchlos.

Das Innere der Tür des Kleiderschranks war von meiner Schulterhöhe ab bis zum Fußboden mit Blut beschmiert, und zwei Hüte lagen in der Blutlache unten im Schrank. Jeder der Hüte paßte einem von den Toten.

Das war alles. Drei tote Männer, eine zerbrochene Ginflasche, Blut.

Stacey kam wenig später mit einem Arzt zurück, und während dieser die Toten untersuchte, traf auch die Kriminalpolizei ein.

Der Doktor hatte seine Arbeit bald getan.

»Dieser Mann«, sagte er und zeigte auf einen von ihnen, »erhielt mit einem kleinen, stumpfen Gegenstand einen Schlag auf den Hinterkopf und wurde dann erwürgt. Dieser hier«, er zeigte auf einen anderen, »wurde nur erdrosselt. Und dem dritten wurde mit einer ungefähr zwölf Zentimeter langen Klinge ein Stich in den Rücken zugefügt. Sie sind seit etwa zwei Stunden tot – seit zwölf, vielleicht etwas später.«

Der zweite Direktor identifizierte zwei von den Leichen. Der Mann, den man erstochen hatte – und der mir als erster aus dem Schrank entgegengefallen war –, war vor drei Tagen im Hotel abgestiegen, hatte sich als Tudor Ingraham aus Washington, D. C., eingetragen und Zimmer 915, drei Türen weiter, bezogen.

Derjenige, der als letzter herausgefallen war – der, den man nur erwürgt hatte –, war der Bewohner des Zimmers. Sein Name war Vincent Develyn. Er war Versicherungsmakler und hatte seit dem Tode seiner Frau vor ungefähr vier Jahren das Hotel zu seinem Zuhause gemacht.

Der Dritte war des öfteren in Develyns Gesellschaft gesehen worden, und einer der Angestellten erinnerte sich, daß sie an diesem Tag etwa fünf Minuten nach zwölf zusammen in das Hotel gekommen waren. Karten und Briefe in seinen Taschen sagten uns, daß es sich bei ihm um Homer Ansley handelte, einen der Teilhaber der Anwaltskanzlei Lankershim und Ansley, deren Büros sich im Miles Building befanden – gleich neben Develyns Büro.

In Develyns Taschen fanden sich zwischen 150 und 200 Dollar, Ansleys Brieftasche enthielt mehr als 100 Dollar, aus Ingrahams Taschen kamen fast 300 Dollar zum Vorschein, und in einer Geldtasche im Gürtel um seine Taille fanden wir weitere 2200 Dollar und zwei mittelgroße ungefaßte Diamanten. Alle drei hatten Uhren – Develyns war sogar ausgesprochen wertvoll –, und Ingraham trug zwei Ringe, die ebenfalls einiges wert waren. Ingrahams Zimmerschlüssel steckte noch in seiner Tasche.

Außer diesem Geld – dessen Vorhandensein darauf hinzudeuten schien, daß Raub nicht das Motiv für diese drei Morde gewesen war – fanden wir bei keinem der Männer irgend etwas, das auch nur das geringste Licht auf das Verbrechen warf. Und auch die gründlichste Durchsuchung der Zimmer von Ingraham und Develyn half uns kein Stück weiter.

In Ingrahams Zimmer fanden wir ein Dutzend oder mehr Päckchen sorgfältig markierter Spielkarten, ein paar falsche Würfel und eine ungeheure Menge Unterlagen über Pferderennen. Darüber hinaus stellten wir fest, daß er eine Frau hatte, die in der East Delavan Avenue in Buffalo wohnte, und einen Bruder in der Crutcher Street in Dallas; außerdem fanden wir eine Liste mit Namen und Adressen, die wir mitnahmen, um sie uns später genauer anzusehen. Aber nichts in beiden Zimmern deutete auch nur indirekt auf Mord hin.

Phels, der Mann von der kriminalpolizeilichen Spurensicherung, fand eine Reihe Fingerabdrücke in Develyns Zimmer, aber solange er sie noch nicht ausgewertet hatte, konnten wir nicht sagen, ob sie von irgendwelcher Bedeutung seien oder nicht. Develyn und Ansley waren zwar offensichtlich mit bloßen Händen erdrosselt worden, aber Phels war außerstande, von ihren Hälsen oder Kragen Fingerabdrücke abzunehmen.

Das Zimmermädchen, das das Blut entdeckt hatte, sagte, wie gewohnt habe sie Develyns Zimmer am Morgen zwischen zehn und elf aufgeräumt, habe aber keine frischen Handtücher ins Bad gehängt. Das war der Grund, weswegen sie am

Nachmittag noch einmal zurückgekommen war. Sie hatte die Tür unverschlossen gefunden, wobei der Schlüssel von innen steckte, und kaum war sie eingetreten, hatte sie auch schon das Blut gesehen und Stacey angerufen.

Ingrahams Zimmer, sagte sie, habe sie wenige Minuten nach eins aufgeräumt. Sie war zu diesem Zweck früher schon einmal – zwischen 10 Uhr 20 und 10 Uhr 45 – dagewesen, aber Ingraham hatte zu der Zeit das Zimmer noch nicht verlassen.

Der Fahrstuhlführer, der Ansley und Develyn wenige Minuten nach zwölf vom Foyer nach oben gefahren hatte, erinnerte sich, daß sie sich während der Fahrt lachend über ihre Golfergebnisse vom Vortag unterhalten hatten. Niemandem war um die Zeit, auf die der Arzt die Morde eingegrenzt hatte, irgend etwas Verdächtiges im Hotel aufgefallen. Aber das war zu erwarten gewesen.

Der Mörder konnte aus dem Zimmer gegangen sein, die Tür hinter sich zugemacht und im sicheren Wissen das Weite gesucht haben, daß er um zwölf Uhr mittags auf den Gängen des Montgomery wenig Aufmerksamkeit erregen werde. Wenn er selbst im Hotel wohnte, brauchte er nur zurück in sein Zimmer zu gehen, wenn nicht, war er wahrscheinlich entweder den ganzen Weg bis hinunter zur Straße zu Fuß gelaufen oder ein, zwei Stockwerke nach unten gegangen, um dann den Fahrstuhl zu nehmen.

Keiner von den Hotelbediensteten hatte Ingraham und Develyn jemals zusammen gesehen. Nichts deutete darauf hin, daß sie miteinander auch nur entfernt bekannt gewesen waren. Ingraham blieb üblicherweise bis mittags in seinem Zimmer und kehrte dann meist bis spät nachts nicht mehr dorthin zurück. Über seine Geschäfte war nichts bekannt.

Im Miles Building befragten wir – das heißt Marty O'Hara und George Dean von der Mordkommission und ich – Ansleys Geschäftspartner und Develyns Angestellte. Sowohl Develyn als auch Ansley, so schien es, waren ganz normale Menschen, die ein ganz normales Leben führten: ein Leben, das weder dunkle Punkte noch irgendwelche Anrüchigkeiten aufwies. Ansley war verheiratet und hatte zwei Kinder; er wohnte in der Lake Street. Beide Männer hatten ein paar Verwandte und Freunde, die hier und da im ganzen Land verstreut lebten; und soweit wir das herausbekommen konnten, waren ihre Geschäfte völlig in Ordnung.

Die beiden hatten am fraglichen Tag ihre Büros verlassen, um zusammen essen zu gehen, wobei sie vorher kurz auf Develyns Zimmer wollten, um sich einen Drink aus einer Flasche Gin zu genehmigen, die jemand, der in Australien gewesen war, für Develyn ins Land geschmuggelt hatte.

»Na«, sagte O'Hara, als wir wieder auf der Straße standen, »soviel ist klar. Wenn sie auf einen Drink rauf ins Zimmer zu Develyn gegangen sind, dann steht todsicher fest, daß sie umgebracht wurden, kaum daß sie das Zimmer betreten hatten. Die beiden Whiskygläser, die du gefunden hast, waren trocken und sauber. Ganz egal, wer die Sache gedreht hat, er muß auf sie gewartet haben. Ich bin gespannt, was mit diesem Ingraham ist.«

»Das frage ich mich auch«, sagte ich. »Wenn ich bedenke, in welcher Stellung ich sie vorfand, als ich die Schranktür aufmachte, ist Ingraham der Schlüssel zu der ganzen Geschichte. Develyn war hinten an der Wand und Ansley vor ihm, beide mit dem Gesicht zur Tür. Ingraham stand ihnen zugewandt, mit dem Rücken zur Tür. Der Kleiderschrank ist gerade so groß, daß sie alle reinpaßten – zu klein, als daß sie umfallen konnten, solange die Tür zu war.

Außerdem war kein Blut im ganzen Zimmer bis auf das, das aus dem Schrank gesickert war. Mit dem klaffenden Schnitt im Rücken kann Ingraham nicht erstochen worden sein, ehe er im Schrank war, sonst müßte er schon woanders Blut verloren haben. Er stand also dicht an den anderen dran, als er erstochen wurde, und egal, wer's getan hat, er machte danach schnell die Tür zu.

Warum sollte Ingraham aber in so einer Haltung dagestanden haben? Könntest du dir vorstellen, daß er und noch einer die beiden Freunde getötet haben und daß, als er die Leichen im Schrank verstaute, sein Komplize ihn umgelegt hat?«

»Vielleicht«, sagte Dean.

Drei Tage später war dieses »Vielleicht« immer noch der Punkt, bis zu dem wir gekommen waren.

Wir hatten stapelweise Telegramme verschickt und erhalten, in denen wir Verwandte und Bekannte der Toten um die Beantwortung einiger Fragen gebeten hatten, und wir hatten nichts entdeckt, was in irgendeinem Zusammenhang mit ihrem Tod zu stehen schien. Auch hatten wir nicht die geringste Verbindung zwischen Ingraham und den anderen beiden finden können, denen wir Schritt für Schritt fast bis zur Wiege nachgegangen waren. Wir konnten über jede Minute ihres Lebens Rechenschaft ablegen, seit Ingraham in San Francisco eingetroffen war – und das so umfassend, daß wir überzeugt waren, daß keiner von ihnen Ingraham begegnet war.

Ingraham, so hatten wir herausgefunden, war Buchmacher und ein ausgekochter Falschspieler gewesen. Seine Frau und er hatten sich getrennt, hatten aber ein gutes Verhältnis zueinander. Vor fünfzehn Jahren war er in Newark, N.J., wegen »Raubes und versuchten Mordes« verurteilt worden und hatte zwei Jahre im Staatsgefängnis abgesessen. Der Mann, den er überfallen hatte, war 1914 in Omaha an Lungenentzündung gestorben.

Ingraham war nach San Francisco gekommen, weil er einen Spielclub aufmachen wollte, und alle unsere Nachforschungen hatten im Grunde nichts anderes erbracht, als daß seine Aktivitäten in der Stadt allein darauf gerichtet waren.

Die Fingerabdrücke, die Phels sichergestellt hatte, stammten, wie sich zeigte, sämtlich von Stacey, dem Zimmermädchen, den Kriminalbeamten und mir. Mit einem Wort, wir hatten nichts gefunden!

Soviel zu unseren Bemühungen, hinter das Motiv für die drei Morde zu kommen.

Wir ließen jetzt diesen Aspekt fallen und machten uns daran, sämtliche Umstände Punkt für Punkt zu durchforsten – eine Schinderei, die unsere Geduld hart auf die Probe stellte –, um die Spur des Mörders auszumachen. Von jedem Verbrechen führt eine Spur zu seinem Urheber. Sie mag – wie in diesem Fall – irgendwo im Dunkel verborgen sein, aber da sich Materie nicht bewegen kann, ohne dabei auf andere Materie einzuwirken, gibt es immer – und unweigerlich – irgendeine Spur. Und solche Spuren zu finden und ihnen nachzugehen, das ist es, wofür ein Detektiv bezahlt wird.

Im Falle eines Mordes ist es manchmal möglich, den Weg zum Ende der Spur abzukürzen, indem man zunächst das Motiv findet. Das Motiv zu kennen, engt das Feld der Möglichkeiten ein und weist eventuell direkt auf den Schuldigen.

Alles, was wir bisher über das Motiv in diesem speziellen Fall sagen konnten, war, daß es sich nicht um Raub gehandelt hatte; es sei denn, es war irgend etwas gestohlen worden, wovon wir nichts wußten – etwas so Wertvolles, daß es den Mörder das Geld in den Taschen seiner Opfer verschmähen ließ.

Wir hatten natürlich die Suche nach der Spur des Mörders nicht gänzlich außer acht gelassen, aber wir hatten – da wir nun mal Menschen sind – den größten Teil unserer Aufmerksamkeit darauf verwandt, eine Abkürzung zu finden. Jetzt machten wir uns daran, den oder die Täter zu finden, ohne uns weiter darum zu kümmern, was ihn oder sie dazu gebracht hatte, die Verbrechen zu begehen.

Unter den Leuten, die am Tag des Mordes im Hotel registriert waren, gab es neun, für deren Unschuld wir nicht genügend Beweise gefunden hatten. Vier davon wohnten noch immer im Hotel, aber nur einer von den vieren erregte unser besonderes Interesse. Dabei handelte es sich um einen großen, grobknochigen Mann von fünfundvierzig oder fünfzig Jahren, der sich als J. J. Cooper aus Anaconda, Montana, eingetragen hatte, der aber, wie wir zweifelsfrei festgestellt hatten, in Wirklichkeit nicht der Bergbauangestellte war, als der er sich ausgab. Unsere telegrafischen Verbindungen nach Anaconda blieben uns den Nachweis schuldig, ob er dort bekannt war. Deswegen ließen wir ihn beschatten – mit kümmerlichem Erfolg.

Fünf von den neun Leuten waren seit den Morden bereits wieder abgereist, drei davon hatten bei dem für die Post zuständigen Hotelbediensteten Nachsendeadressen hinterlassen. Gilbert Jacquemart hatte in Zimmer 946 gewohnt und die Anweisung gegeben, ihm seine Post in ein Hotel in Los Angeles nachzuschicken. Von W. F. Salway, der Zimmer 1022 bewohnt hatte, war die Anordnung ergangen, ihm seine Post zu einer Nummer in der Clark Street in Chicago zu schicken. Ross Orrett, Zimmer 609, hatte gebeten, ihm seine Briefe »postlagernd« zu einem örtlichen Postamt zu senden.

Jacquemart war zwei Tage vor den Geschehnissen im Hotel angekommen und am Nachmittag des Mordtages wieder abgereist. Salway war am Tag vor den Morden eingetroffen und am Tag danach abgereist. Orrett war am Mordtag angekommen und am folgenden Tag abgereist.

Während wir die notwendigen Telegramme aufgaben, um die ersten beiden zu finden und zu überprüfen, kümmerte ich mich um Orrett persönlich. Damals wurde gerade überall mit lustig bedruckten, lilafarbenen Flugblättern Reklame gemacht für eine musikalische Komödie mit dem Titel »Wozu?«. Ich besorgte mir eines davon, dazu in einem Schreibwarenladen ein passendes Kuvert und schickte es an Orrett ins Hotel Montgomery. Es gibt Firmen, deren Tätigkeit es ist, die Namen von Leuten herauszufinden, die in den großen Hotels frisch angekommen sind, um ihnen Reklamen zuzuschicken. Ich vertraute darauf, daß Orrett das wußte und keinen Argwohn schöpfte, wenn mein bunter Umschlag, vom Hotel nachgeschickt, ihn am Schalter für postlagernde Sendungen erreichte.

Dick Foley – der Beschattungsspezialist der Agentur – bezog im Postamt Stellung, um dort mit einem Auge auf den »O«-Schalter herumzuhängen, bis er sähe, daß mein lilafarbener Umschlag jemandem ausgehändigt würde, und dem Empfänger dann zu folgen.

Den nächsten Tag verbrachte ich mit dem Versuch, dem geheimnisvollen J. J. Cooper auf die Schliche zu kommen, aber als ich spät in der Nacht Feierabend machte, war er mir immer noch ein Rätsel.

Kurz vor fünf am nächsten Morgen schneite Dick Foley auf seinem Heimweg zu mir ins Zimmer, um mich zu wecken und mir zu erzählen, was er erreicht hatte.

»Dieses Orrett-Herzchen ist unser Mann!« sagte er. »Ging ihm nach, als er sich gestern nachmittag seine Post holte. Kriegte noch 'n Brief außer deinem. Hat 'ne Wohnung in der Van Ness Avenue. Mietete sie am Tag nach den Morden unter dem Namen B. T. Quinn. Hat 'ne Knarre unterm linken Arm – da ist genau diese Beule. Ist gerade nach Hause schlafen gegangen. Hat allen Spelunken in North Beach 'n Besuch abgestattet. Und was meinst du, hinter wem er her ist?«

»Hinter wem?«

»Guy Cudner.«

Das war ein Ding! Dieser Guy Cudner, alias

»Der Dunkelmann«, war der gefährlichste Vogel an der Westküste, wenn nicht im ganzen Land. Nur einmal war er geschnappt worden, aber wenn er für alle Verbrechen verurteilt worden wäre, von denen jeder wußte, daß er sie begangen hatte, würde er ein halbes Dutzend Leben benötigt haben, um alle Strafen drin unterzubringen, dazu noch mal ein halbes Dutzend, um sie am Galgen zu beenden. Aber er hatte zweifellos die richtige Art, sich davor zu drücken – genügend Geld, um sich alles zu kaufen, was er an Zeugen, Alibis, sogar an Geschworenen und gelegentlich auch an Richtern brauchte.

Ich weiß nicht, was mit seinen Beschützern dieses eine Mal nicht geklappt hatte, als er oben im Norden angeklagt und zu einer Strafe zwischen einem und vierzehn Jahren verurteilt wurde; aber die Sache renkte sich prompt wieder ein, denn die Tinte auf den Pressemeldungen über seine Verurteilung war kaum trocken, da war er auf Bewährung schon wieder frei.

»Ist Cudner in der Stadt?«

»Weiß ich nicht«, sagte Dick, »aber dieser Orrett oder Quinn oder wie er auch heißt, ist ganz sicher hinter ihm her. In Ricks Kneipe, in ›Wop‹ Healeys Schuppen und in Pigattis. ›Porky‹ Grout hat mir den Tip gegeben. Sagt, Orrett kennt Cudner zwar nicht mal vom Sehen, versucht aber, ihn zu finden. Porky wußte nicht, was er von ihm will.«

Dieser Porky Grout war ein dreckiger kleiner Spitzel, der seine Familie – wenn er überhaupt je eine hatte – um den Preis irgendeiner Absteige verhökert hätte. Aber bei diesen Burschen, die ihr Spiel auf beiden Seiten treiben, weiß man nie, auf welcher Seite sie gerade stehen, wenn du denkst, sie stehen auf deiner.

»Meinst du, Porky hat dich nicht geleimt?« fragte ich.

»Möglich isses – aber drauf wetten kannst du nicht.«

»Kennt Orrett sich hier aus?«

»Scheint nicht so. Weiß, wo er hinwill, muß aber fragen, wie er hinkommt. Hat mit niemandem geredet, der ihn zu kennen schien.«

»Wie ist er so?«

»Nicht die Sorte, auf die du dich ohne weiteres einlassen würdest, wenn du mich fragst. Er und Cudner gäben ein gutes Gespann ab. Ähnlich sehen sie sich nicht. Dieser Typ ist groß und sehr schlank, aber gut gebaut – alles schnelle, geschmeidige Muskeln. Sein Gesicht ist scharf, ohne hager zu sein, wenn du verstehst, was ich sagen will. Ich meine, alle Linien darin sind grade. Keine Kurven. Kinn, Nase, Mund, Augen – alles grade, scharfe Linien und Kanten. Sieht aus wie der Typ Kerl, der Cudner ist. Wären wirklich 'n gutes Gespann. Zieht sich gut an und sieht nicht aus wie 'n Schläger – aber härter als der Teufel! Ein Großwildjäger! Unser Mann, ich wette mit dir!«

»Hört sich nicht schlecht an«, stimmte ich zu. »Er kam ins Hotel am Morgen des Tages, an dem die Männer ermordet wurden, und gab das Zimmer am nächsten Morgen wieder auf. Er trägt ein Schießeisen mit sich rum und wechselte seinen Namen, als er das Hotel verließ. Und jetzt steckt er mit dem Dunkelmann unter einer Decke. Das sieht ganz und gar nicht schlecht aus!«

»Sag ich dir ja«, erwiderte Dick, »dieser Kerl wirkt so, als brächten ihn drei Morde absolut nicht um den Schlaf. Ich möchte wissen, wie Cudner da reinpaßt.«

»Keine Ahnung. Aber wenn er und Orrett bis jetzt noch keinen Kontakt aufgenommen haben, dann hat Cudner auch nichts mit den Morden zu tun; aber er könnte uns die Antwort darauf geben.«

Ich sprang aus dem Bett. »Ich verlaß mich mal drauf, daß Porkys Tip in Ordnung ist! Wie würdest du Cudner beschreiben?«

»Du kennst ihn doch besser als ich.«

»Ja, aber wie würdest du ihn mir beschreiben, wenn ich ihn nicht kennen würde?«

»Ein kleiner, fetter Bursche mit einer roten Zickzacknarbe auf der linken Backe. Was soll denn der Quatsch?«

»Ist ja gut«, lenkte ich ein. »Diese Narbe ist von ganz großer Wichtigkeit. Wenn er sie nicht hätte und du solltest ihn beschreiben, würdest du alle möglichen Einzelheiten seiner äußeren Erscheinung aufzählen. Aber er hat sie, und deshalb sagst du einfach: ›Ein kleiner, fetter Bursche mit einer roten Zickzacknarbe auf der linken Backe.‹ Die Chancen stehen zehn zu eins, daß er Orrett ganz genauso beschrieben wurde. Ich sehe nicht aus wie Cudner, aber ich habe seine Größe und seinen Körperbau, und mit einer Narbe in meinem Gesicht wird Orrett auf mich reinfallen.«

»Und was dann?«

»Weiß niemand; aber ich müßte eigentlich 'ne Menge erfahren, wenn ich Orrett dazu kriegen kann, mich für Cudner zu halten. Ist jedenfalls einen Versuch wert.«

»Das kannst du dir nicht erlauben – nicht in San Francisco. Cudner ist zu bekannt.«

»Was macht das schon, Dick? Orrett ist der einzige, den ich reinlegen will. Wenn er mich für Cudner hält, schön und gut. Wenn nicht, immer noch schön und gut. Ich werde mich ihm nicht aufdrängen.«

»Wie willst du denn die Narbe vortäuschen?«

»Ganz einfach! In der Verbrecherkartei haben wir Fotos von Cudner, auf denen die Narbe zu sehen ist. Ich besorge mir etwas Kollodium – das gibt's von den verschiedensten Herstellern in jeder Drogerie zum Abdecken von Schnitten und Kratzern und so weiter –, färbe es ein und male mir damit Cudners Narbe auf die Backe. Es trocknet mit einer glänzenden Oberfläche, und dick aufgetragen wird es deutlich genug hervortreten.«

Es war kurz nach elf am folgenden Abend, als Dick mich anrief und mir sagte, daß Orrett in Pigattis Kneipe in der Pacific Street sei und sich dort offensichtlich auf eine kleine Weile einrichte. Ich hatte mir meine Narbe schon aufgemalt, sprang in ein Taxi, und binnen weniger Minuten sprach ich an der Ecke von Pigattis Spelunke mit Dick.

»Er sitzt am letzten Tisch hinten links. Und er war allein, als ich rausging. Du kannst ihn nicht verfehlen. Er ist in dem Laden der einzige Typ mit 'm sauberen Kragen.«

»Du bleibst am besten draußen – einen halben Block oder so entfernt – bei dem Taxi da drüben«, sagte ich zu Dick. »Vielleicht kommen Freund Orrett und ich zusammen raus, und da hätte ich dich ganz gern in der Nähe, falls irgendwas schiefläuft.«

Pigattis Bums ist ein langer, schmaler Keller mit niedriger Decke, der von Rauch immer halb verdunkelt ist. Durch die Mitte zieht sich ein schmales Stück nackter Fußboden zum Tanzen. Der übrige Raum ist mit eng zusammengerückten Tischen vollgestellt, deren Tischtücher vor Dreck starren.

Die meisten Tische waren besetzt, als ich reinkam, und ein halbes Dutzend Paare tanzte. Nur wenige von den Gesichtern hatten noch nie am allmorgendlichen »Defilee« im Polizeipräsidium teilgenommen.

Durch den Rauch spähend erblickte ich Orrett,

der allein in einer entlegenen Ecke saß und den Tanzenden mit dem aufgesetzt nichtssagenden Gesicht eines Menschen zusah, der eine Wachsamkeit verbirgt, der nichts entgeht. Ich schritt auf der anderen Seite des Raumes hinunter und überquerte die schmale Tanzfläche direkt unter einer Lampe, so daß er die Narbe deutlich sehen konnte. Dann suchte ich mir einen Tisch nicht weit von seinem und setzte mich, das Gesicht ihm zugewandt.

Zehn Minuten vergingen, während derer er Interesse an den Tänzern heuchelte und ich so tat, als starre ich gedankenverloren auf das schmutzige Tuch auf meinem Tisch; aber keinem von uns entging auch nur das leiseste Liderzucken des anderen.

Seine Augen – graue Augen, die blaß waren, ohne nichtssagend zu sein, mit schwarzen, nadelspitzen Pupillen – begegneten nach einer Weile meinen mit einem kalten, festen, unergründlichen Blick; und sehr langsam erhob er sich. Eine Hand – seine rechte – in der Seitentasche seines dunklen Mantels, kam er direkt herüber an meinen Tisch und setzte sich.

»Cudner?«

»Suchen nach mir, höre ich«, erwiderte ich, wobei ich versuchte, es mit der eisigen Glätte seiner Stimme aufzunehmen, ebenso wie ich versuchte, mich auf die Unverwandtheit seines Blicks einzustellen.

Er setzte sich so, daß mir seine linke Seite leicht zugedreht war, ohne dabei seinen rechten Arm in eine allzu verkrampfte Haltung bringen zu müssen, die ihn behindert hätte, würde er direkt aus der Tasche, in der seine Hand noch immer steckte, auf mich schießen wollen.

»Sie haben ebenfalls nach mir gesucht.«

Ich wußte nicht, wie die richtige Antwort darauf lautete, deshalb grinste ich einfach. Aber das Grinsen kam nicht von Herzen, und ich hatte, bemerkte ich, einen Fehler gemacht – einen, der mich was kosten konnte, ehe wir miteinander fertig waren. Dieser Kerl suchte Cudner nicht als Freund, wie ich leichtsinnigerweise angenommen hatte, sondern befand sich auf dem Kriegspfad.

Ich sah die drei toten Männer in Zimmer 906 aus dem Schrank fallen!

Meine Pistole steckte in meinem Hosenbund, wo ich schnell an sie rankam, aber er hatte seine in der Hand. Darum achtete ich darauf, meine Hände bewegungslos auf der Tischkante liegen zu lassen, während ich mein Grinsen noch verbreiterte.

Seine Augen veränderten sich, und je länger ich sie ansah, desto weniger gefielen sie mir. Das Grau in ihnen war dunkler und matter, die Pupillen waren größer geworden, und weiße Halbmonde kamen unter dem Grau hervor. Zweimal schon hatte ich in Augen wie diese gesehen – und nicht vergessen, was sie im Schilde führten –, es waren die Augen des geborenen Killers!

»Wie wär's, wenn Sie rauslassen, was Sie zu sagen haben«, schlug ich nach einer Weile vor.

Aber er ließ sich nicht zu einer Unterhaltung verleiten. Er schüttelte den Kopf nur um den Bruchteil eines Zentimeters, und die Winkel seines zusammengepreßten Mundes sanken ein klein wenig nach unten. Die weißen Halbmonde der Augäpfel wurden breiter und schoben die grauen Kreise nach oben unter die Lider.

Es ging los! Und es war sinnlos, die Sache abzuwarten!

Ich trat ihm unter dem Tisch gegen das Schienbein, stieß im selben Augenblick den Tisch in ihn rein und warf mich darüber. Die Kugel aus seiner Pistole ging zur Seite weg. Eine zweite Kugel – nicht aus seiner Waffe – schlug in den Tisch, der jetzt hochkant zwischen uns stand.

Ich hatte ihn bei den Schultern, als ein zweiter Schuß von hinten ihn in den linken Arm traf, gleich unterhalb von meiner Hand. Ich ließ los und ging parterre, rollte rüber zur Wand und drehte mich um, so daß ich in die Richtung sehen konnte, aus der die Kugeln gekommen waren.

Ich hatte mich gerade noch rechtzeitig umgedreht, um zu sehen, wie etwas ruckartig hinter der Ecke des Ganges verschwand, der zu dem kleinen Speisesaal führte – Guy Cudners Narbengesicht. Und während es verschwand, fetzte eine Kugel aus Orretts Pistole dort den Putz von der Wand, wo es eben noch gewesen war.

Ich grinste beim Gedanken daran, was in Orretts Kopf vorgehen mußte, wie er da ausgestreckt auf der Erde lag und sich von zwei Cudners umzingelt sah. Aber genau in dem Moment gab er einen Schuß auf mich ab, und ich stellte mein Grinsen ein. Zum Glück mußte er sich umdrehen, um auf mich zu schießen, wobei er sein Gewicht auf den verletzten Arm verlagerte – der Schmerz ließ ihn zusammenzucken, und so verfehlte er sein Ziel.

Ehe er sich bequemer aufgestützt hatte, war ich schon auf allen vieren zu Pigattis Küchentür – die nur wenige Fuß entfernt war – gekrochen und hatte mich hinter einer Ecke in der Wand aus dem Schußfeld und in Sicherheit gebracht; alles, bis auf die Augen und den Scheitel meines Kopfes, die ich riskierte, um zu sehen, wie es weiterging.

Orrett lag jetzt drei oder dreieinhalb Meter von mir entfernt platt am Boden, das Gesicht Cudner zugewandt, und hatte eine Pistole in der Hand und eine zweite neben sich.

Auf der anderen Seite des Raumes, vielleicht zehn Meter entfernt, beugte sich Cudner in kurzen Abständen um seine schützende Ecke herum, um mit dem Mann am Boden Schüsse zu wechseln und gelegentlich auch mal einen in meine Richtung abzugeben. Wir hatten die Bude für uns. Es gab vier Ausgänge, und der Rest von Pigattis Kunden hatte sie sämtlich benutzt.

Auch ich hatte meinen Revolver gezogen, verlegte mich aber aufs Warten. Cudner, dachte ich mir, war gesteckt worden, daß Orrett nach ihm suchte, und war ohne falsche Vorstellung von dessen Meinung auf dem Schauplatz erschienen. Nur, was zwischen ihnen vorlag und welche Beziehung das alles zu den Morden im Hotel Montgomery hatte, das war mir ein Rätsel, aber ich versuchte nicht, es gerade jetzt zu lösen.

Sie feuerten im Gleichtakt. Cudner beugte sich um die Ecke, ihre Waffen spuckten los, und dann tauchte er wieder weg. Orrett blutete mittlerweile am Kopf, und eins seiner Beine krümmte sich verrenkt hinter ihm. Ich konnte nicht erkennen, ob Cudner ernsthaft getroffen war oder nicht.

Jeder hatte acht oder vielleicht auch neun Schüsse abgefeuert, als Cudner plötzlich voll aus der Deckung sprang und die Pistole in seiner Linken so schnell hintereinander abdrückte, wie es der Mechanismus nur zuließ, während die Waffe in seiner rechten Hand lose an seiner Seite runterhing. Orrett hatte die Pistolen gewechselt; er hockte jetzt auf den Knien, und seine frische Waffe hielt mit der seines Feindes Schritt.

So konnte das nicht ewig gehen!

Cudner ließ den Revolver, mit dem er gefeuert hatte, fallen, und als er den anderen hob, sackte er nach vorn und fiel auf die Knie. Orrett hörte plötzlich auf zu schießen und fiel nach hinten auf den Rücken – in voller Länge ausgestreckt. Cudner feuerte noch einmal – unkontrolliert in die Decke – und sank nach vorn auf sein Gesicht.

Ich sprang neben Orrett und stieß mit dem Fuß seine beiden Pistolen weg. Er lag still da, doch seine Augen waren offen.

»Bist du Cudner, oder war er es?«

»Er.«

»Gut!« sagte er und schloß die Augen.

Ich ging zu Cudner und drehte ihn auf den Rükken. Seine Brust war buchstäblich in Fetzen geschossen.

Seine dicken Lippen bewegten sich, und ich brachte das Ohr näher an sie heran. »Hab ich ihn erwischt?«

»Ja«, log ich, »er ist schon kalt.«

Sein sterbendes Gesicht verzog sich zu einem Grinsen.

»Tut mir leid ... drei im Hotel ...«, keuchte er heiser. »Irrtum ... falsches Zimmer ... erwischte einen ... mußte ... anderen beiden ... mich schützen ... ich ...« Ein Schauer durchlief ihn, dann starb er.

Eine Woche später ließen die Leute vom Krankenhaus mich mit Orrett sprechen. Ich erzählte ihm, was Cudner vor seinem Tode gesagt hatte.

»Genau das habe ich auch rausgefunden«, sagte Orrett durch die dicken Verbände, in die er gewikkelt war. »Deswegen bin ich am nächsten Tag ausgezogen und hab meinen Namen geändert.«

»Ich nehme an, Sie haben mittlerweile die Geschichte fast ganz gelöst«, sagte er nach einer Weile.

»Nein«, gestand ich, »das habe ich nicht. Ich habe da zwar so eine Idee, worum's bei der Sache ging, aber ich hätte nichts dagegen, wenn Sie mir ein paar Einzelheiten erklären könnten.«

»Tut mir leid, ich kann Ihnen die Aufklärung nicht abnehmen, ich muß vielmehr selbst in Dekkung gehen. Aber ich werde Ihnen eine Geschichte erzählen, die Ihnen vielleicht weiterhilft. Es war einmal ein erstklassiger Hochstapler – einer von den Typen, die in der Presse schon mal ›Superhirn‹ genannt werden. Eines Tages stellte er fest, daß er genügend Geld zusammengerafft hatte, um das Spielchen aufzugeben und sich als angesehener Mann zur Ruhe zu setzen.

Aber er hatte zwei Helfershelfer – einen in New York und einen in San Francisco –, die einzigen Menschen auf der Welt, die wußten, daß er ein Hochstapler war. Und außerdem hatte er vor beiden Angst. Deshalb meinte er, er käme leichter zur Ruhe, wenn er sie aus dem Wege schaffen ließe. Und es war zufällig so, daß keiner von diesen Helfershelfern den anderen jemals zu Gesicht bekommen hatte.

Darum redete Superhirn den beiden ein, daß der jeweils andere ein falsches Spiel mit ihm treibe und um der Sicherheit aller Beteiligten willen umgelegt werden müsse. Und beide fielen drauf rein. Der New Yorker fuhr nach San Francisco, um sich den anderen zu schnappen, und dem Mann in San Francisco wurde hinterbracht, daß der New Yorker an dem und dem Tag ankomme und in dem und dem Hotel absteige.

Superhirn glaubte, daß gleiche Chancen für beide bestünden, ins Gras zu beißen, wenn sie aufeinanderträfen – und er hatte damit beinahe recht. Auf jeden Fall war er sicher, daß einer sterben würde, und dann wäre, selbst wenn der andere dem Galgen entginge, nur noch einer da, den er später unschädlich machen müßte.«

Die Geschichte war nicht so detailliert, wie ich es mir gewünscht hätte, aber sie machte mir einiges klar.

»Wie erklären Sie sich eigentlich, daß Cudner ins verkehrte Zimmer geriet?« fragte ich.

»Das war seltsam! Vielleicht folgendermaßen: Mein Zimmer hatte die Nummer 609, und die Morde wurden im Zimmer 906 begangen. Angenommen, Cudner ging an dem Tag, von dem er wußte, daß ich ankommen würde, ins Hotel und warf einen raschen Blick auf die Gästeliste. Wenn er es vermeiden konnte, wollte er nicht dabei erwischt werden, wie er sie sich ansah, und so drehte er sie nicht herum, sondern sah nur schnell hin, während sie so dalag und er vor dem Rezeptionsschalter stand.

Wenn man eine dreistellige Zahl verkehrtherum liest, muß man die Ziffern im Kopf umdrehen, um sie in die richtige Reihenfolge zu bekommen. Zum Beispiel 123. Man würde sie 3-2-1 lesen und dann im Kopf umstellen. Und genau das machte

Cudner mit meiner Zimmernummer. Er war natürlich nervös, weil er an das dachte, was noch vor ihm lag, und übersah die Tatsache, daß 609, verkehrt herum gelesen, immer noch 609 lautet. Er drehte sie herum und machte 906 draus – Develyns Zimmer.«

»So reime ich mir das auch zusammen«, sagte ich, »und ich glaube, es stimmt im großen und ganzen. Und dann sah er zum Schlüsselbrett hinüber und stellte fest, daß 906 nicht da hing. Und so dachte er, er könnte seine Aufgabe eigentlich ebensogut sofort erledigen, wo er zu dieser Zeit doch auf den Hotelkorridoren herumlaufen konnte, ohne Aufmerksamkeit zu erregen. Er kann natürlich auch zu dem Zimmer raufgegangen sein, noch ehe Ansley und Develyn kamen, und auf sie gewartet haben, aber ich bezweifle das.

Ich halte es für wahrscheinlicher, daß er einfach zufällig ein paar Minuten nach ihrer Rückkehr in das Hotel kam. Ich nehme an, Ansley war gerade allein im Zimmer, als Cudner die unverschlossene Tür öffnete und eintrat – und Develyn war im Badezimmer und holte die Gläser.

Ansley war ungefähr so groß und so alt wie Sie und Ihnen äußerlich ähnlich genug, um auf eine flüchtige Beschreibung von Ihnen zu passen. Cudner ging auf ihn los, und Develyn, der das Handgemenge hörte, ließ darauf die Flasche und die Gläser fallen, kam ins Zimmer gerannt und kriegte ebenfalls sein Teil.

Da Cudner so war, wie er war, meinte er, zwei Morde seien nicht schlimmer als einer, außerdem wollte er keine Zeugen hinterlassen.

Und so geriet wahrscheinlich auch Ingraham in die Geschichte hinein. Er kam auf dem Weg von seinem Zimmer zum Fahrstuhl an Develyns Zimmer vorbei, hörte womöglich den Krach und sah nach. Cudner hielt ihm einen Revolver vor die Nase und ließ ihn die beiden Leichen in den Schrank packen. Und dann stieß er ihm sein Messer in den Rücken und knallte die Tür hinter ihm zu. Das ist ungefähr die – «

Eine aufgebrachte Krankenschwester stürzte herein und befahl mir, das Zimmer zu verlassen, da ich ihren Patienten zu sehr aufrege.

Orrett hielt mich noch einen Moment zurück, als ich mich zum Gehen wandte.

»Achten Sie auf die Nachrichten aus New York«, sagte er, »da erfahren Sie vielleicht den Rest der Geschichte. Die ist noch nicht zu Ende. Hier drüben hat niemand was gegen mich in der Hand. Diese Schießerei war reine Notwehr, soweit sie mich betrifft. Aber sobald ich wieder auf den Beinen bin und an die Ostküste zurückkomme, wird's dort ein Superhirn geben, das mit 'ner Menge Blei gefüllt ist. Das ist ein Versprechen!«

Ich glaubte ihm.

(erstmals in: »The Black Mask«, Dez. 1923, unter dem Titel »Bodies Piled Up«)

Wer erschoß Bob Teal?

»Teal ist gestern abend erschossen worden.« Der Alte – der Chef der Continental Detective Agency in San Francisco – sprach, ohne mich anzusehen. Seine Stimme war so sanft wie sein Lächeln, und er ließ nichts von dem Aufruhr erkennen, der in seinem Innern tobte.

Wenn ich schwieg und darauf wartete, daß der Alte weiterredete, dann nicht deshalb, weil die Nachricht mir nichts bedeutete. Ich hatte Bob Teal gemocht – das hatten wir alle. Er war vor zwei Jahren frisch vom College zu unserer Agentur gekommen; und wenn je einer das Zeug zu einem erstklassigen Detektiv hatte, dann dieser schlanke, breitschultrige Bursche. Zwei Jahre sind wenig genug, um die ersten Grundsätze der Detektivarbeit in sich aufzunehmen, aber Bob Teal mit seinem schnellen Blick, den eiskalten Nerven, dem kühlen Kopf und dem aufrichtigen Interesse an der Arbeit war auf dem Weg zu einem wirklich erfahrenen Detektiv bereits weit fortgeschritten. Ich hatte ein beinahe väterliches Auge auf ihn, da er den Großteil seiner ersten Ausbildung von mir erhalten hatte.

Der Alte sah mich nicht an, als er weiterredete.

»Er wurde mit einer .32er erschossen, zweimal durchs Herz. Hinter einer Reihe von Reklamewänden auf dem leeren Grundstück an der nordwestlichen Ecke Hyde und Eddy Street ungefähr um zehn gestern abend. Seine Leiche wurde kurz nach elf von einem Streifenpolizisten gefunden. Die Pistole lag fünf Meter von ihm entfernt. Ich habe ihn mir angesehen und die Stelle persönlich untersucht. Aber der Regen letzte Nacht hat alle Spuren, die auf dem Boden zu finden gewesen sein mögen, verwischt, doch nach dem Zustand von Teals Kleidung und der Lage, in der er gefunden wurde, würde ich sagen, daß es keinen Kampf gegeben hat und daß er dort erschossen wurde, wo man ihn gefunden hat, und er nicht erst hinterher dorthin geschafft worden ist. Er lag hinter den Reklamewänden, ungefähr zehn Meter vom Gehsteig entfernt, und seine Hände waren leer. Die Pistole wurde so nahe an ihm abgefeuert, daß sie die Vorderseite seines Mantels angesengt hat. Offenbar hat niemand etwas gesehen oder die Schüsse gehört. Wahrscheinlich haben Regen und Wind die Fußgänger von der Straße ferngehalten und dazu auch noch die Schüsse der .32er übertönt, die sowieso nicht besonders laut ist.«

Der Bleistift des Alten begann auf den Schreibtisch zu klopfen, und das leise Klicken machte mich kribbelig. Bald hörte es wieder auf, und der Alte fuhr fort:

»Teal beschattete einen gewissen Herbert

Whitacre – schon seit drei Tagen. Whitacre ist einer der Teilhaber in der Firma Ogburn & Whitacre, Landwirtschafts-Entwicklungsingenieure. Sie haben in den neuen künstlich bewässerten Gebieten das Optionsrecht auf große Akkerflächen. Ogburn leitet die Verkaufsabteilung, und Whitacre kümmert sich um den Rest des Geschäfts einschließlich der Buchhaltung.

Letzte Woche entdeckte Ogburn, daß sein Partner falsche Buchungen vorgenommen hatte. In den Büchern sind bestimmte Zahlungen für die Ländereien ausgewiesen, aber Ogburn erfuhr, daß diese Zahlungen nie ausgeführt worden sind. Er schätzt, daß die Höhe von Whitacres Unterschlagungen irgendwo zwischen 150000 und 250000 Dollar liegt. Er kam vor drei Tagen zu mir, erzählte mir das alles und wollte, daß wir Whitacre beschatten, um vielleicht rauszubekommen, was er mit dem gestohlenen Geld angefangen hat. Ihre Firma ist nach wie vor eine Teilhabergesellschaft, und ein Teilhaber kann von einem anderen Teilhaber natürlich nicht wegen Diebstahls belangt werden. Daher konnte Ogburn seinen Partner nicht verhaften lassen, aber er hoffte, das Geld zu finden und dann durch zivile Maßnahmen wiederzubekommen. Darüber hinaus fürchtete er, Whitacre könnte untertauchen.

Ich schickte Teal, um Whitacre zu beschatten, der angeblich nicht wußte, daß sein Partner ihn verdächtigte. Jetzt schicke ich Sie, damit Sie

Whitacre finden. Ich bin entschlossen, ihn festzunageln und vor Gericht zu bringen, und sollte ich auch alle laufenden Geschäfte sausen lassen und ein Jahr lang alle Männer, die ich habe, an diese Aufgabe setzen müssen. Lassen Sie sich vom Sekretariat Teals Berichte geben. Bleiben Sie mit mir in Verbindung.«

All das, aus dem Mund des Alten, war mehr als der mit Blut geschriebene Eid eines normalen Menschen.

Im Büro erhielt ich die beiden Berichte, die Bob geliefert hatte. Es gab natürlich keinen vom letzten Tag, weil er ihn erst geschrieben hätte, wenn er mit der Arbeit für die Nacht fertig gewesen wäre. Der erste der beiden Berichte war schon abgeschrieben, und eine Abschrift war Ogburn zugeschickt worden; ein Tippmädchen arbeitete im Augenblick an dem anderen.

In seinen Berichten hatte Bob Whitacre als einen Mann von etwa siebenunddreißig Jahren beschrieben, mit braunem Haar und braunen Augen, nervösem Äußeren, einem glatt rasierten Gesicht mit leicht brünettem Teint und ziemlich kleinen Füßen. Er war ungefähr einszweiundsiebzig groß, wog um die achtundsechzig Kilo und kleidete sich elegant, wenn auch unauffällig. Er bewohnte mit seiner Frau ein Apartment in der Gough Street. Sie hatten keine Kinder. Ogburn hatte Bob eine Beschreibung von Mrs. Whitacre gegeben: eine kleine, mollige Blondine von etwas unter dreißig.

Diejenigen, die sich an diese Geschichte erinnern, werden wissen, daß die Stadt, das Detektivbüro und die Betroffenen ganz andere Namen hatten als die, die ich ihnen hier gegeben habe. Aber sie werden auch wissen, daß ich mich getreu an die Tatsachen gehalten habe. Namen irgendwelcher Art sind nun mal für das Verständnis wichtig, aber wenn die Verwendung der wirklichen Namen Peinlichkeiten oder vielleicht sogar Leid nach sich ziehen könnte, sind Pseudonyme die befriedigendste Alternative.

Beim Beschatten von Whitacre hatte Bob nichts rausgekriegt, was für das Auffinden des gestohlenen Geldes von irgendwelcher Bedeutung zu sein schien. Whitacre war offenbar seinen gewohnten Geschäften nachgegangen, und Bob hatte ihn nichts ausgesprochen Verdächtiges tun sehen. Aber Whitacre hatte einen sehr nervösen Eindruck gemacht, war oft stehengeblieben, um sich umzuschauen; offenbar hatte er den Verdacht, beschattet zu werden, ohne dessen sicher zu sein. Hin und wieder hatte Bob von ihm ablassen müssen, um nicht entdeckt zu werden. Bei einer dieser Gelegenheiten, als er in der Nähe von Whitacres Wohnung darauf wartete, daß er nach Hause käme, hatte Bob Mrs. Whitacre – oder eine Frau, auf die die Beschreibung paßte, die Ogburn abgegeben hatte – in einem Taxi wegfahren sehen. Bob hatte ihr nicht zu folgen versucht, hatte sich aber die Nummer des Taxis notiert.

Nachdem ich die beiden Berichte gelesen und praktisch auswendig gelernt hatte, verließ ich die Agentur und begab mich zur Suite von Ogburn & Whitacre im Packard Building. Eine Stenotypistin führte mich in ein geschmackvoll eingerichtetes Büro, in dem Ogburn an einem Schreibtisch saß und Briefe unterschrieb. Er bot mir einen Stuhl an. Ich stellte mich ihm vor: einem mittelgroßen Mann von vielleicht fünfunddreißig Jahren mit glattem, braunem Haar und dem gespaltenen Kinn, das ich in meiner Vorstellung immer mit Rednern, Anwälten und Handelsvertretern in Verbindung bringe.

»Ah, ja!« sagte er, indem er die Post beiseite schob und sich sein bewegliches, intelligentes Gesicht erhellte. »Hat Mr. Teal etwas gefunden?«

»Mr. Teal ist gestern nacht erschossen worden.«

Er blickte mich aus weit aufgerissenen, braunen Augen einen Moment lang verständnislos an.

»Ermordet?«

»Ja«, erwiderte ich und erzählte ihm das Wenige, was ich wußte.

»Sie glauben doch nicht –«, begann er, als ich geendet hatte, und dann unterbrach er sich. »Sie glauben doch nicht, daß Herb das getan hat?«

»Was meinen Sie?«

»Ich glaube nicht, daß Herb einen Mord begehen würde! Er ist zwar die letzten paar Tage nervös gewesen, und ich dachte schon, er argwöhne, daß ich seine Unterschlagungen entdeckt habe, aber ich glaube nicht, daß er so weit gegangen wäre, selbst wenn er gewußt hätte, daß Mr. Teal ihm folgte. Das glaube ich ehrlich nicht!«

»Angenommen«, schlug ich vor, »irgendwann am gestrigen Tag hat Teal rausgefunden, wo er das gestohlene Geld hatte, und dann erfuhr Whitacre, daß Teal es wußte. Meinen Sie nicht, daß Whitacre ihn unter diesen Umständen getötet haben könnte?«

»Vielleicht«, sagte er langsam, »aber ich möchte das nur sehr ungern glauben. In einer Anwandlung von Panik könnte Herb – aber eigentlich glaube ich das nicht.«

»Wann haben Sie ihn das letztemal gesehen?«

»Gestern. Wir waren fast den ganzen Tag hier zusammen im Büro. Ein paar Minuten vor sechs ist er nach Hause gefahren. Aber ich habe später mit ihm telefoniert. Er hat mich kurz nach sieben zu Hause angerufen und gesagt, er wolle bei mir vorbeikommen, um mir etwas zu sagen. Ich dachte, er werde mir seinen Betrug gestehen und vielleicht in der Lage sein, diese erbärmliche Geschichte zurechtzubiegen. Aber er kam nicht, änderte seinen Entschluß, nehme ich an. Ungefähr um zehn rief dann seine Frau bei mir an. Sie wollte, daß er etwas aus der Innenstadt mitbrächte, wenn er heimkäme, aber natürlich war er nicht da. Ich blieb den ganzen Abend zu Hause und wartete auf ihn, aber er –«

Er kam ins Stottern, verstummte und wurde weiß im Gesicht. »Mein Gott, ich bin erledigt!« sagte er leise, als sei ihm in dem Moment seine Lage bewußt geworden. »Herb weg, Geld weg, drei Jahre Arbeit umsonst! Und ich bin vor dem Gesetz verantwortlich für jeden Cent, den er gestohlen hat. Mein Gott!«

Er sah mich mit Augen an, die um Widerspruch bettelten, aber ich konnte nichts weiter tun, als ihm versichern, daß alles Menschenmögliche unternommen werde, um sowohl Whitacre als auch das Geld zu finden.

Von Ogburns Büro ging ich zu Whitacres Wohnung. Als ich in die Gough Street einbog, sah ich einen dicken, ungeschlachten Mann die Treppe zu dem Apartmenthaus hinaufsteigen und erkannte in ihm George Dean. Ich rannte, um mich ihm anzuschließen, und gleichzeitig bedauerte ich, daß er statt irgendeines anderen Beamten der Mordkommission mit dieser Sache betraut worden war. Dean ist kein schlechter Kerl, aber mit ihm zusammenzuarbeiten ist nicht so befriedigend wie mit den anderen; das heißt, man kann nie sicher sein, daß er nicht irgendein wichtiges Detail zurückhält, so daß am Ende er, George Dean, glänzend als der große Detektiv dasteht. Wenn man mit so einem Mann gemeinsam an einer Geschichte sitzt, verfällt man unweigerlich in dieselbe Gewohnheit – was der Zusammenarbeit nicht gerade förderlich ist.

Ich kam im Vorraum an, als Dean auf Whitacres Klingelknopf drückte.

»Hallo«, sagte ich. »Bist du auf die Sache angesetzt?«

»Hm-hm. Was weißt du darüber?«

»Nichts. Ich hab sie eben erst gekriegt.«

Die Haustür öffnete sich mit einem Klicken, und wir stiegen zusammen hoch zu Whitacres Wohnung im dritten Stock. Eine mollige Blondine in einem leichten Hauskleid machte die Wohnungstür auf. Sie war auf ihre dralle, gleichmütige Art recht hübsch.

»Mrs. Whitacre?« fragte Dean.

»Ja.«

»Ist Mr. Whitacre zu Hause?«

»Nein. Er ist heute morgen nach Los Angeles gefahren«, sagte sie, und ihr Gesicht war aufrichtig.

»Wissen Sie, wo wir uns dort mit ihm in Verbindung setzen können?«

»Vielleicht im Ambassador, aber ich glaube, er wird morgen wieder zurück sein.«

Dean zeigte ihr seine Dienstmarke.

»Wir möchten Ihnen ein paar Fragen stellen«, sagte er zu ihr, und ohne jedes Zeichen der Verwunderung trat sie einen Schritt zurück und ließ uns eintreten. Sie führte uns in ein Wohnzimmer, das ganz in Blau und Creme gehalten war und wo jeder von uns einen Sessel fand. Sie nahm uns gegenüber auf einer breiten blauen Sitzbank Platz.

»Wo war Ihr Mann gestern abend?« fragte Dean.

»Zu Hause. Warum?« Ihre runden, blauen Augen blickten ein wenig gespannt.

»Den ganzen Abend?«

»Ja, es war ein grauenhaft regnerischer Abend. Warum?« Sie guckte von Dean zu mir.

Deans Blick traf meinen, und ich nickte.

»Mrs. Whitacre«, sagte er barsch, »ich bin im Besitz eines Haftbefehls gegen Ihren Gatten.«

»Ein Haftbefehl? Wegen was?«

»Mord.«

»Mord?« Es war ein unterdrückter Schrei.

»Genau, und gestern abend.«

»Aber – aber ich habe Ihnen doch gesagt, er war –«

»Und Ogburn hat mir gesagt«, unterbrach ich sie und beugte mich vor, »daß Sie gestern abend bei ihm zu Hause angerufen und gefragt haben, ob Ihr Mann da wäre.«

Sie sah mich gut zehn Sekunden lang verständnislos an; und dann lachte sie los, das helle Lachen von jemandem, der auf einen faulen Witz hereingefallen ist.

»Eins zu null für Sie«, sagte sie, und es lagen weder Scham noch Demütigung in ihrem Gesicht oder ihrer Stimme. »Hören Sie zu« – ihre Fröhlichkeit hatte sie verlassen – »ich weiß nicht, was Herb getan hat oder woran ich jetzt bin, und ich sollte eigentlich nichts sagen, ehe ich nicht einen Anwalt gesprochen habe. Aber ich möchte, wo ich nur kann, allen Scherereien aus dem Weg gehen.

Wenn Sie mir erklären, was los ist, und zwar auf Ihr Ehrenwort, erzähle ich Ihnen vielleicht, was ich weiß, wenn ich überhaupt was weiß. Was ich meine, ist, wenn Reden die Sache für mich irgendwie einfacher macht, wenn Sie mir beweisen können, daß es so ist, dann rede ich vielleicht – vorausgesetzt, ich weiß was.«

Das schien ziemlich fair, wenn auch ein bißchen überraschend. Offensichtlich war diese mollige Frau, die mit allem Anschein von Aufrichtigkeit lügen konnte und lachte, wenn sie dabei ertappt wurde, an nicht viel mehr interessiert als an ihrem eigenen Wohlergehen.

»Erzähl du's ihr«, sagte Dean zu mir.

Ich spuckte alles in einem Stück aus.

»Ihr Mann hat 'ne Zeitlang die Bücher frisiert und Ogburn um ungefähr 200 000 Dollar ärmer gemacht, ehe der den Braten roch. Dann ließ er Ihren Mann beobachten, weil er versuchen wollte, das Geld wiederzufinden. Gestern abend lockte Ihr Gatte den Mann, der ihn beobachtete, auf ein leeres Grundstück und erschoß ihn.«

Ihr Gesicht runzelte sich nachdenklich. Mechanisch langte sie nach der Packung einer beliebten Zigarettenmarke, die hinter der Sitzbank auf einem Tisch lag, und hielt sie Dean und mir hin. Wir schüttelten die Köpfe. Sie steckte sich eine Zigarette in den Mund, riß ein Streichholz an der Sohle ihres Hausschuhs an, entzündete die Zigarette und starrte auf das brennende Ende. Schließlich zuckte sie die Schultern, und ihr Gesicht hellte sich auf.

»Ich werde reden«, sagte sie. »Ich habe nie auch nur einen Pfennig von dem Geld bekommen, und ich wäre ein Rindvieh, wenn ich mich für Herb zum Sündenbock machen würde. Er war in Ordnung, aber wenn er abgehauen ist und mich auf dem Trockenen hat sitzen lassen, hat's keinen Zweck, wenn ich mir deshalb selber 'ne Masse Ärger auf den Hals lade. Also dann: Ich bin nicht Mrs. Whitacre, nur im Mieterregister. Mein Name ist Mae Landis. Vielleicht gibt es eine echte Mrs. Whitacre, vielleicht auch nicht. Ich weiß es nicht. Herb und ich leben hier schon länger als ein Jahr zusammen.

Vor ungefähr einem Monat wurde er ziemlich unruhig und nervös, noch schlimmer, als er es sowieso immer schon war. Er sagte, er habe Ärger im Geschäft. Dann bemerkte ich vor ein paar Tagen, daß seine Pistole aus der Schublade verschwunden war, in der sie gelegen hatte, seit wir hierherkamen, und daß er sie bei sich trug. Ich fragte ihn: ›Was ist los?‹ Er sagte, er glaube, er werde verfolgt, und fragte mich, ob ich jemanden hier in der Gegend hätte herumlungern sehen, so als wenn er unser Haus beobachte. Ich sagte nein; ich glaubte, jetzt sei er übergeschnappt.

Vorgestern abend erzählte er mir, daß er in Schwierigkeiten sei und vielleicht weggehen müsse und daß er mich nicht mitnehmen könne, mir aber genug Geld geben würde, daß ich mir eine Zeitlang keine Sorgen zu machen brauchte. Er schien sehr aufgeregt zu sein, packte seine Taschen, damit sie bereitstünden, wenn er sie schnell brauchte, und verbrannte alle seine Fotografien und viele Briefe und Papiere. Seine Taschen stehen immer noch im Schlafzimmer, wenn Sie sie durchsuchen wollen. Als er gestern nacht nicht nach Hause kam, wuchs in mir der Verdacht, daß er ohne seine Taschen abgehauen war und ohne mir noch was zu sagen, geschweige denn, mir noch irgendwelches Geld zu geben – mich sitzen ließ mit bloß zwanzig Dollar und der Miete, die in vier Tagen fällig ist.«

»Und wann haben Sie ihn zuletzt gesehen?«

»Gestern abend gegen acht. Er sagte mir, er fahre runter zu Mr. Ogburn in die Wohnung, um mit ihm über ein paar Geschäfte zu sprechen, aber er fuhr nicht hin. Ich weiß das. Mir gingen die Zigaretten aus – ich rauche gern Elixir Russians, und die krieg ich nicht hier draußen –, deshalb rief ich Mr. Ogburn an, um Herb zu bitten, welche mitzubringen, wenn er nach Hause käme, aber Mr. Ogburn sagte, er sei gar nicht dagewesen.«

»Wie lange kennen Sie Whitacre schon?« fragte ich.

»Zwei Jahre. Ich glaube, ich bin ihm zum erstenmal in einem Strandkurort begegnet.«

»Hat er irgendwelche Verwandte?«

»Nicht, daß ich wüßte. Ich weiß nicht sehr viel

über ihn. Oh, ja! Ich weiß, daß er in Oregon wegen Fälscherei drei Jahre im Gefängnis gesessen hat. Er hat mir das mal abends erzählt, als er besoffen war. Er hat sie unter dem Namen Barber oder Barbee oder so ähnlich abgesessen. Er sagte, jetzt wandle er auf dem Pfad der Tugend.«

Dean holte eine kleine automatische Pistole raus, die ziemlich neu aussah, trotz des Drecks, der dran klebte, und reichte sie der Frau.

»Schon mal gesehen?«

Sie nickte mit ihrem Blondköpfchen. »Ja! Das ist Herbs – oder ein Zwilling davon.«

Dean steckte die Pistole wieder ein, und wir standen auf.

»Was ist denn jetzt mir mir?« fragte sie. »Sie werden mich doch nicht etwa als Zeugin einsperren lassen, oder?«

»Im Moment nicht«, versicherte Dean ihr. »Bleiben Sie in der Nähe, wo wir Sie finden können, wenn wir Sie brauchen, und man wird Sie in Ruhe lassen. Irgendeine Idee, welche Richtung Whitacre möglicherweise eingeschlagen haben könnte?«

»Nein.«

»Wir würden uns hier gern mal 'n bißchen umschauen. Was dagegen?«

»Nur zu«, forderte sie uns auf.

Wir nahmen die Wohnung fast völlig auseinander, aber wir fanden absolut nichts von Wert. Whitacre hatte reinen Tisch gemacht.

»Hat er eigentlich mal von einem Fotografen Bilder von sich machen lassen?« fragte ich, kurz bevor wir gingen.

»Nicht, daß ich wüßte.«

»Geben Sie uns Bescheid, wenn Sie etwas hören oder Ihnen noch irgendwas einfällt, was uns weiterhelfen könnte?«

»Klar«, sagte sie aufrichtig, »klar«.

Dean und ich fuhren schweigend im Aufzug nach unten.

»Was hältst du von alldem?« fragte ich, als wir draußen waren.

»Sie is 'n Herzchen, hä?« Er grinste. »Ich möchte wissen, wieviel sie weiß. Sie hat die Pistole erkannt und uns den Hinweis auf die Verurteilung wegen Fälscherei im Norden gegeben, aber das hätten wir sowieso rausgekriegt. Wenn sie gerissen is, erzählt sie uns alles, wovon sie weiß, daß wir auch so draufkommen, und das läßt dann ihre anderen Sachen um so stärker wirken. Hälste sie für dumm oder für schlau?«

»Da raten wir nicht rum«, sagte ich. »Wir setzen einen Schatten auf sie an und kontrollieren ihre Post. Ich habe die Nummer von dem Taxi, das sie vor 'n paar Tagen benutzt hat. Wir werden auch das überprüfen.«

Aus einer Eckdrogerie rief ich den Alten an und bat ihn, ein paar von den Jungs abzustellen, um auf Mae Landis und ihre Wohnung Tag und Nacht ein Auge zu haben; außerdem bat ich ihn, das Postministerium zu veranlassen, uns mitzuteilen, ob sie irgendwelche Briefe erhalte, die von Whitacre stammen könnten. Ich sagte, ich werde zu Ogburn fahren und mir ein paar Proben von der Handschrift des Flüchtigen holen, um sie mit der Post an Mae Landis zu vergleichen.

Dann machten Dean und ich uns daran, das Taxi ausfindig zu machen, in dem Bob Teal die Frau hatte wegfahren sehen. Nach einer halben Stunde in der Taxizentrale hatten wir die Information, daß sie zu einer Nummer in der Greenwich Street gefahren war. Wir machten uns auf den Weg.

Es war ein baufälliges Haus, das in Einzimmerapartments und Etagenwohnungen von schäbiger Trostlosigkeit unterteilt war. Die Vermieterin fanden wir im Kellergeschoß: eine hagere Frau in fleckigem Grau mit einem harten, schmallippigen Mund und blassen, argwöhnischen Augen. Sie schaukelte heftig auf einem quietschenden Stuhl und nähte an einer Kittelschürze.

Dean zeigte seine Dienstmarke vor und sagte, daß er mit ihr sprechen wolle.

»Na, und was wolln Sie?« fragte sie mürrisch.

»Möchte 'n paar Informationen über Ihre Mieter«, sagte Dean. »Erzählen Sie was über sie.«

»Ihn' was über sie erzählen?« Sie hatte eine Stimme, die auch harsch genug geklungen hätte, wenn sie nicht so gereizt gewesen wäre. »Was soll ich 'nn Ihrer Meinung nach über die Leute sagen? Für wen halten Sie mich eigentlich? Ich bin 'ne

Frau, die sich um ihre eigenen Angelegenheiten kümmert! Niemand kann sagen, daß ich nich 'n anständiges –«

Das führte uns nicht weiter. »Wer wohnt in Nummer eins?« fragte ich.

»Die Auds – zwei alte Leute und ihre Enkel. Wenn Ihn' was gegen die bekannt ist, dann wissen Sie mehr als die Leute, die schon zehn Jahre mit ihn' zusammen wohn'.«

»Wer wohnt in Nummer zwei?«

»Mrs. Codman und ihre Jungs, Frank und Fred. Sie wohn' hier drei Jahre, und –«

Ich befragte sie über eine Wohnung nach der anderen, bis wir schließlich zu einer im zweiten Stock gelangten, bei der ich einen nicht ganz so harschen Verweis wegen meiner Dummheit erntete, mit der ich die Bewohner im Verdacht hatte, getan zu haben, was immer es auch war, um dessentwillen ich sie im Verdacht hatte.

»Die Quirks wohnen da.« Sie machte nur noch ein leicht finsteres Gesicht, während sie vorher eine äußerst düstere Miene zur Schau getragen hatte. »Und es sind anständige Leute.«

»Wie lange wohnen sie hier schon?«

»Sechs Monate oder mehr.«

»Womit verdient er seinen Lebensunterhalt?«

»Weiß nicht.« Mürrisch: »Reist vielleicht.«

»Wieviele Personen?«

»Nur er und sie, und es sind auch nette, ruhige Leute.«

»Wie sieht er aus?«

»Wie 'n normaler Mensch. Ich bin kein Detektiv. Ich geh nich rum und schnüffel den Leuten im Gesicht rum, um zu kucken, wie se aussehn, und steck die Nase nich in fremde Angelegenheiten. Ich bin keine –«

»Wie alt ist der Mann?«

»Vielleicht zwischen fünfunddreißig und vierzig, falls er nich jünger oder älter is.«

»Groß oder klein?«

»Er is nich so klein wie Sie, und er is nich so groß wie dieser Bursche bei Ihn'«, sie blickte verächtlich von meiner kurzgeratenen Beleibtheit zu Deans mächtiger Gestalt, »und er is nich so dick wie Sie beide.«

»Schnurrbart?«

»Nee.«

»Blonde Haare?«

»Nee.« Triumphierend: »Dunkle.«

Dean stand etwas seitlich und sah mich über die Schulter der Frau hinweg an. Lautlos artikulierten seine Lippen den Namen: »Whitacre.«

»So, und wie steht's um Mrs. Quirk – wie sieht die aus?« fuhr ich fort.

»Sie hat blonde Haare, is klein und untersetzt und vielleicht etwas unter dreißig.«

Dean und ich nickten uns gegenseitig unsere Zufriedenheit zu; das hörte sich durchaus nach Mae Landis an.

»Sind sie oft zu Hause?« fragte ich weiter.

»Weiß ich nich«, schnarrte die hagere Frau mürrisch, und mir war klar, sie wußte es doch, deshalb wartete ich und sah sie an, und gleich darauf setzte sie hinzu: »Ich glaub, sie sind viel weg, aber genau weiß ich's nich.«

»Aber ich«, wagte ich einen Versuch, »sie sind sehr selten zu Hause, und dann nur tagsüber – und Sie wissen es.«

Sie leugnete es nicht, deshalb fragte ich: »Sind sie im Augenblick zu Hause?«

»Ich glaub nich, aber sie könnten da sein.«

»Laß uns mal 'n Blick in die Bude werfen«, schlug ich Dean vor.

Er nickte und sagte zu der Frau: »Bringen Sie uns rauf zu der Wohnung und schließen Sie uns die Tür auf.«

»Das mach ich nich!« sagte sie mit scharfem Nachdruck. »Sie ham kein Recht, in andrer Leute Wohnung zu gehen, wenn Sie kein' Durchsuchungsbefehl ham. Ham Se ein'?«

»Wir haben nichts«, grinste Dean sie an, »aber wir könn' jede Menge haben, wenn Se uns Umstände machen wolln. Sie führn dieses Haus; Sie könn' jederzeit, wann Sie wolln, in jede dieser Wohnungen reingehen, un' Sie könn' uns mit reinnehm'. Bringen Se uns rauf, un' wir lassen Sie in Frieden; aber wenn Sie uns jede Menge Umstände machen wolln, dann riskieren Sie, mit den Quirks in ein' Topf geschmissen zu werden und vielleicht sogar eine Zelle mit ihn' zu teiln.«

Sie überlegte sich das und brachte uns dann, bei jedem Schritt knurrend und murrend, zur Quirkschen Wohnung hoch. Sie vergewisserte sich, daß sie nicht zu Hause waren, dann ließ sie uns rein.

Die Wohnung bestand aus drei Zimmern, Bad und Küche, die auf eben die schäbige Art eingerichtet waren, auf die das baufällige Äußere des Hauses uns schon vorbereitet hatte. In den Zimmern fanden wir ein paar Kleidungsstücke, Männer- und Frauensachen, Toilettenartikel und so weiter. Aber die Wohnung bot in nichts einen Hinweis darauf, daß sie ständig bewohnt sei; es gab keine Bilder, keine Kissen, nichts von den Dutzenden von Kleinigkeiten persönlicher Habe, die normalerweise in Wohnungen zu finden sind. Die Küche wirkte wie lange nicht benutzt; das Innere der Kaffee-, Tee-, Gewürz- und Mehlbehälter war sauber.

Zwei Dinge, die wir fanden, sagten uns etwas: eine Handvoll Elixir-Russian-Zigaretten auf einem Tisch und eine neue Schachtel .32er Patronen – von denen zehn fehlten – in einer Kommodenschublade.

Während der ganzen Durchsuchung trieb sich die Vermieterin in unserer Nähe rum, und ihre blassen Augen waren scharf und neugierig; jetzt aber jagten wir sie raus und sagten ihr, daß wir, gesetzlich oder ungesetzlich, die Wohnung mit Beschlag belegten.

»Das hier ist oder war ein Versteck für Whitacre

und seine Freundin, na schön«, sagte Dean, als wir allein waren. »Die einzige Frage ist, ob er vorhatte, sich hier versteckt zu halten, oder ob das bloß der Ort war, wo er die Vorbereitungen für seine Flucht traf. Ich denke, das beste ist, wenn der Captain hier Tag und Nacht 'n Mann reinsetzt, bis wir Bruder Whitacre am Haken haben.«

»Das ist das sicherste«, stimmte ich zu, und er ging ans Telefon im Vorderzimmer.

Als Dean fertig war mit seinem Gespräch, rief ich den Alten an, um zu erfahren, ob sich irgendwas Neues ergeben hatte.

»Nichts Neues«, teilte er mir mit. »Wie kommen Sie voran?«

»Gut. Vielleicht habe ich heute abend Neuigkeiten für Sie.«

»Haben Sie von Ogburn diese Proben von Whitacres Handschrift bekommen? Oder soll ich dafür sorgen, daß sich jemand anderer drum kümmert?«

»Ich kriege sie heute abend«, versprach ich.

Ich verplemperte zehn Minuten mit dem Versuch, Ogburn in seinem Büro zu erreichen, bevor ich auf meine Uhr sah und feststellte, daß es schon nach sechs war. Ich fand seine Privatadresse im Telefonbuch und rief ihn dort an.

»Haben Sie irgendwas mit Whitacres Handschrift zu Hause?« fragte ich. »Ich hätte gern ein paar Proben – wenn's geht, noch heute abend, aber notfalls könnte ich auch bis morgen warten.«

»Ich glaube, ich habe ein paar Briefe von ihm hier. Wenn Sie gleich vorbeikommen, gebe ich sie Ihnen.«

»Bin in fünfzehn Minuten bei Ihnen«, sagte ich.

»Ich fahre mal runter zu Ogburn in die Wohnung«, erklärte ich Dean, »um mir was von Whitacres Geschreibsel zu holen, und du wartest hier, bis dein Mann aus dem Präsidium kommt und die Wohnung in seine Obhut nimmt. Ich treff dich im States, sobald du hier wegkommst. Wir essen da und besprechen unsere Pläne für die Nacht.«

»Hm-hm«, grunzte er, machte es sich auf einem Stuhl bequem und legte die Füße auf einen anderen, während ich die Wohnung verließ.

Ogburn zog sich gerade um, als ich bei ihm ankam, und hatte Kragen und Krawatte in der Hand, als er die Tür öffnete, um mich reinzulassen.

»Ich habe eine ganze Menge Briefe von Herb gefunden«, sagte er auf dem Weg zurück in sein Schlafzimmer.

Ich sah die fünfzehn oder mehr Briefe durch, die auf einem Tisch lagen, und suchte mir die aus, die ich haben wollte, während Ogburn sich weiter umkleidete.

»Wie kommen Sie voran?« fragte er.

»So-so. Irgendwas gehört, was weiterhelfen könnte?«

»Nein, aber vor wenigen Minuten fiel mir zufällig wieder ein, daß Herb ziemlich oft rüber ins

Mills Building zu gehen pflegte. Ich habe ihn reingehen und rauskommen sehen, habe mir aber nie Gedanken darüber gemacht. Ich weiß nicht, ob das von irgendwelcher Bedeutung ist oder – «

Ich sprang von meinem Stuhl auf.

»Das ist es!« rief ich. »Darf ich Ihr Telefon benutzen?«

»Natürlich. Es steht in der Diele, neben der Tür.« Er blickte mich überrascht an. »Es ist ein Münzapparat; haben Sie einen Nickel?«

»Ja.« Ich ging durch die Schlafzimmertür.

»Der Schalter ist neben der Tür«, rief er mir nach, »falls Sie sich Licht machen wollen. Meinen Sie denn – «

Aber ich blieb nicht stehen, um mir seine Fragen anzuhören. Ich steuerte auf das Telefon zu und kramte in meinen Taschen nach dem Nickel. Und als ich in der Eile ungeschickt mit der Münze herumfummelte, ließ ich sie fallen – nicht ganz zufällig, denn ich hatte einen Verdacht, über den ich Klarheit haben wollte. Der Nickel rollte durch die mit Teppichen belegte Diele davon. Ich knipste das Licht an, fand ihn wieder und wählte die Nummer von den »Quirks«. Ich bin froh, daß ich diesen Verdacht hatte.

Dean war immer noch dort.

»Die Bude da ist tot«, trompetete ich. »Nimm die Vermieterin mit runter ins Präsidium und schnapp dir auch die Landis. Wir sehen uns dort – im Polizeipräsidium.«

»Ist das dein Ernst?« knurrte er.

»Beinahe«, sagte ich und hängte ein.

Ich knipste das Licht in der Diele aus und spazierte, ein kleines Liedchen vor mich hinpfeifend, wieder zu dem Zimmer, in dem ich Ogburn zurückgelassen hatte. Die Tür war nicht ganz geschlossen. Ich ging direkt auf sie zu, stieß sie mit einem Fuß auf und sprang zurück, wobei ich mich dicht an die Wand preßte.

Zwei Schüsse – so knapp hintereinander, daß sie fast einer waren – krachten.

Flach gegen die Wand gedrückt, stampfte ich mit den Füßen auf den Boden und gegen die Täfelung und ließ ein Potpourri aus Schreien und Stöhnern ertönen, das einem übergeschnappten Karnevalsjecken Ehre gemacht hätte.

Einen Augenblick später erschien Ogburn in der Tür, einen Revolver in der Hand, das Gesicht eine Raubtierfratze. Er war entschlossen, mich umzubringen. Es ging um mein Leben oder um seins, und so –

Ich knallte ihm meine Pistole auf den glatten, braunen Scheitel.

Als er seine Augen aufmachte, hoben ihn zwei Polizisten hinten in einen Streifenwagen.

Ich fand Dean im Versammlungsraum der Kripo in der Hall of Justice.

»Die Vermieterin hat Mae Landis als Mrs. Quirk identifiziert«, sagte er. »Was nun?«

»Wo ist sie jetzt?«

»Eine von den Polizistinnen hält die beiden im Büro vom Captain fest.«

»Ogburn sitzt drüben in der Pfänderabteilung«, sagte ich zu ihm. »Bringen wir die Vermieterin doch mal rüber und lassen sie einen Blick auf ihn werfen.«

Ogburn saß vorgebeugt da, hielt sich den Kopf und starrte düster auf die Füße des Uniformierten, der ihn bewachte, als wir die Vermieterin zu ihm hineinbrachten.

»Schon mal gesehen?« fragte ich sie.

»Ja« – widerstrebend – »das ist Mr. Quirk.«

Ogburn blickte nicht auf, und er schenkte keinem von uns die geringste Aufmerksamkeit.

Nachdem wir der Vermieterin gesagt hatten, sie könne nach Hause gehen, führte mich Dean nach hinten in eine entfernte Ecke des Versammlungsraums, wo wir ungestört reden konnten.

»Jetzt spuck's aus!« platzte er heraus. »Wie kommt es zu all diesen aufsehenerregenden Entwicklungen, wie die Zeitungsjungs das nennen?«

»Tja, erstens war mir klar, daß es auf die Frage *Wer erschoß Bob Teal?* nur eine Antwort geben konnte. Bob war kein Idiot! Er hätte es möglicherweise zugelassen, sich in einer dunklen Nacht von einem Mann, den er beobachtete, hinter eine Reihe von Reklamewänden locken zu lassen, aber er wäre auf Ärger vorbereitet gewesen. Er wäre nicht mit leeren Händen gestorben, durch eine Pistole, die so nahe an ihm dran war, daß sie ihm den Mantel versengte. Der Mörder *mußte* jemand gewesen sein, dem Bob vertraute, also nicht Whitacre. Nun war Bob ja ein gewissenhafter Bursche, und er hätte das Beschatten von Whitacre nicht unterbrochen, um da rüberzugehen und mit irgendeinem Freund zu reden. Es gab nur einen Menschen, der ihn dazu überreden konnte, Whitacre eine Weile aus den Augen zu lassen, und dieser Mensch war der, für den er arbeitete – Ogburn.

Wenn ich Bob nicht gekannt hätte, hätte ich vielleicht gedacht, er habe sich hinter den Reklamewänden versteckt, um Whitacre zu beobachten; aber Bob war kein Amateur. Er war nicht so dumm, um irgendeins von diesen spektakulären Schnüfflerdingern zu drehen. Darum blieb niemand weiter übrig als Ogburn!

Von da an war alles übrige ein Kinderspiel. Das ganze Zeug, das uns Mae Landis erzählte, als sie die Pistole als Whitacres erkannte und Ogburn ein Alibi verschaffte, indem sie sagte, sie habe um zehn Uhr mit ihm telefoniert – überzeugte mich nur davon, daß sie und Ogburn unter einer Decke steckten. Als die Vermieterin uns ›Quirk‹ beschrieb, war ich dessen ziemlich sicher. Ihre Beschreibung konnte sowohl auf Whitacre als auch auf Ogburn passen, und es ergab keinen Sinn, wenn Whitacre die Wohnung in der Greenwich Street hatte, aber wenn Ogburn und die Landis ein Gespann waren, dann brauchten sie irgendeinen Treffpunkt.

Heute abend dann zog ich in Ogburns Wohnung eine kleine Show ab, indem ich am Fußboden nach einem Nickel suchte und Spuren von angetrocknetem Schlamm fand, die der Reinigung entgangen waren, der er den Teppich und seine Kleider zweifellos unterzogen hatte, als er von seinem Regenspaziergang über das Baugrundstück nach Hause zurückgekommen war. Wir lassen die Experten entscheiden, ob es Schlamm von dem Grundstück sein *könnte,* auf dem Bob erschossen wurde, und die Geschworenen können dann entscheiden, ob er es *ist.*«

(erstmals in: »True Detective Stories«, Nov. 1924)

Der Richter lachte zuletzt

»Der Kummer mit diesem Land ist«, explodierte unerwartet der alte Covey und unterstrich seine Worte, indem er mit seinem schwieligen Zeigefinger wiederholt auf die Zeitung pochte, die er eben gelesen hatte, »daß die Gerichte es im Würgegriff haben! Gesetz? Es gibt kein Gesetz! Es gibt Gerichte und Richter, und was man das Gesetz nennt, ist eine Waffe, die sie benutzen, um den menschlichen Unternehmungsgeist abzuwürgen – der Selbständigkeit und dem Fortschritt den Mut zu nehmen!«

Der Teil der Morgenzeitung, gegen den sich der Angriff des alten Mannes richtete, wie ich mit Mühe sah, enthielt den Bericht über eine Entscheidung des Obersten Gerichtshofes im Zusammenhang mit irgendwelchen Gewerkschaftsproblemen im Westen.

Der alte Covey, das wußte ich, konnte persönlich an keiner Seite des Streitfalls ein Interesse haben. Er hatte mit dem Kapital sowenig zu tun wie mit der Arbeit, nämlich sehr wenig. Seit nun mittlerweile acht Jahren – seit dem Tage, als ein Wanderprediger »Big-dog« Covey vom Wege des Verbrechens abgebracht hatte und dieser schlicht John Covey und später der alte Covey geworden war – lebte er von den Zuwendungen seines Schwiegersohns.

Sein Interesse an dem Fall war also rein akademisch. Aber seine Einstellung war ohne Zweifel durch seine früheren Erfahrungen mit Strafprozessen beeinflußt, die mehr als oberflächlich gewesen waren, und ich hatte den Verdacht, daß irgendeine besonders bittere Erinnerung seinen Ausbruch hervorgerufen hatte.

Ich drehte mir also noch eine Zigarette und verwickelte ihn vorsichtig in eine Diskussion – was, so hatte ich herausgefunden, den direktesten Zugang ins Innere seines eigensinnigen alten Kopfes verhieß.

»Kadi zu sein«, sagte ich und benutzte den Jargonausdruck für Richter, um, soweit mir das nur möglich war, die Abteilungen seiner Erinnerung wachzurütteln, die mit den Zeiten seiner Jugend und Gesetzlosigkeit zu tun hatten, »ist ein mieser Job. Die Gesetze sind kompliziert und verwirrend, und es ist nicht einfach, sie so zurechtzubiegen, daß sie auf bestimmte Fälle passen. Die meisten Kadis machen ihre Sache sehr gut, finde ich.«

»Ach, findest du, ja?« knurrte mich der alte Halunke an. »Dann will ich dir mal eins sagen, mein Sohn, du hast davon verdammt keine Ahnung! Ich könnte dir Geschichten von Kadis und ihren Touren erzählen, da würden dir die Augen aus dem Kopf fallen!«

Ich legte allen Zweifel, den ich aufbringen

konnte, in ein Lächeln, und war überzeugt, daß ich ihn am Haken hatte.

»Du betrachtest die Dinge von deiner Seite«, erwiderte ich, »und damals hast du nun mal auf der falschen Seite gestanden. Ich sage ja nicht, daß Richter nicht ab und zu Fehler machen. Das tun sie natürlich. Sie sind eben auch nur Menschen. Aber ich habe nie von einem Fall gehört, wo man sagen konnte, ein Richter hätte tatsächlich das Gesetz so verdreht, daß es –«

Das tat seine Wirkung. Er fluchte und schnaubte und funkelte mich wütend an, und ich grinste ihm meine unaufrichtigen Zweifel entgegen, und so kam die Geschichte schließlich ans Tageslicht.

»Ich und ›Flogger‹ Rork waren vor Jahren zusammen unterwegs, jeder mit 'ner Knarre und 'n paar großen Taschentüchern versehen, um unsere Visagen dahinter zu verstecken, wenn's nötig war. Imbißstuben, die die ganze Nacht offen hatten, waren unsere Spezialität, und wir kamen ganz gut zurecht. Manchmal nahmen wir gleich 'n paar pro Nacht aus. Um drei oder vier am Morgen latschten wir einzeln in sie rein, ohne uns anmerken zu lassen, daß wir uns kannten, und hielten uns an Kaffee und sonstwas fest, bis wir mit dem Kerl hinterm Tresen alleine waren. Dann zeigten wir ihm kurz unsere Schießeisen, nahmen, was in der Kasse war, und zogen Leine. Keine großen Sachen, verstehste, sondern ein ständiges, verläßliches Einkommen.

Ein paar Monate arbeiten wir schon auf die Weise, da kommt mir die Idee für 'ne neue Sache – und die is 'ne Wucht! Flogger – er is 'n phantasieloser Gelegenheitsdieb – kapiert das zuerst nicht. Aber ich rede unentwegt auf ihn ein, bis er nachgibt und verspricht, 's mal zu probieren.

Du hast Flogger Rork nie gesehen, stimmt's? Hab' ich immer gedacht. Naja, er ist 'n netter Kerl – was ›Limey‹ Pine immer 'n ›gutes altes Haus‹ nannte –, aber er is keine Zier fürs Auge. Ich hab mal während einer von diesen Verbrechenswellen in einer Zeitung 'ne Witzzeichnung von 'nem Einbrecher gesehen, und das war das einzige Mal, wo ich auf 'n Gesicht wie das von Flogger gestoßen bin. Ein netter Kerl – aber wir mußten drauf achten, wie wir durch die Gegend zogen, weil die Bullen die Angewohnheit hatten, uns bloß wegen seines Gesichts heppzunehmen. Ich – niemand hat mich jemals für 'n Lamm gehalten; aber neben Flogger sehe ich ziemlich nett aus.

Unsere Visagen sind bislang ein Nachteil für uns gewesen, aber jetzt, mit meinem neuen Plan, schlagen wir Kapital draus.

Wir sind gerade im Mittelwesten und fallen über die nächste Stadt auf unserer Liste her, werfen 'n prüfenden Blick in die Hauptstraße und gehen an die Arbeit. Unsere Pistolen sind nahe am Stadtrand unter 'nem Haufen Steine verbuddelt.

Wir überfallen 'n Drugstore. Drin sind zwei nette Jungs. Ich bau mich vor einem von denen auf, eine Hand in meiner Jackentasche, und Flogger macht dasselbe mit dem andern.

›Her mit den Kohlen‹, sagen wir zu ihnen.

Ohne Widerrede drückt einer von den beiden auf den ›No Sale‹-Knopf an der Kasse, holt jeden Nickel raus, der drin ist, und gibt das Geld Flogger.

›Legt euch hinter den Tresen, und habt's mit dem Aufstehen nicht so eilig‹, schärfen wir ihnen als nächstes ein.

Sie sind hübsch folgsam, und ich und Flogger hauen ab und bringen unser Geschäft wie geplant zu Ende.

Am nächsten Tag nehmen wir noch zwei Läden aus und fahren dann weiter zur nächsten Stadt. In jeder Stadt, in die wir kommen, drehen wir unser neues Ding 'n paarmal, und es läuft prima. Da wir 'n As im Ärmel haben, können wir uns auf Gefahren einlassen, die sonst idiotisch gewesen wären – wir können zwei oder sogar drei Jobs pro Tag runterreißen, ohne drauf warten zu müssen, daß der Tumult vom ersten sich gelegt hat.

Die Beute war beträchtlich für damals!

Dann fallen wir eines Nachmittags in einer neuen Stadt über eine Garage, ein Leihhaus und ein Schuhgeschäft her und werden gefaßt.

Die Bullen, die uns schnappten, waren besoffen, aber – wir dachten, vielleicht könnten wir weglaufen, bis wir sahen, daß es keinen Zweck hatte – wir gingen mit ihnen mit, so friedlich, wie du nur willst. Als sie uns filzten, fanden sie das Geld von den Dingern, die wir an diesem Tag gedreht hatten, doch das war auch alles. Der Rest war dort versteckt, wo wir wußten, daß er zu finden wäre, wenn wir ihn brauchten. Und unsere Pistolen lagen immer noch unter diesem Steinhaufen drei Staaten weit weg. Wir hatten keine Verwendung mehr für sie gehabt.

Die Burschen, die wir an diesem Nachmittag ausgeraubt hatten, kamen rüber, um einen Blick auf uns zu werfen, und alle erkannten uns sofort wieder. Einer von ihnen sagte, man könnte unsere Gesichter einfach nicht vergessen. Aber wir ließen uns nicht irre machen und sagten rein gar nichts. Wir wußten, wo wir standen, und waren zufrieden.

Nach 'n paar Tagen erlaubten sie, daß wir uns 'n Verteidiger nahmen. Wir suchten uns 'n Knaben raus, der sein Diplom noch nicht so lange hatte, daß es hätte Staub ansammeln können, aber er sah so aus, als würde er uns nicht aufs Kreuz legen; außerdem brauchte er für uns nicht viele Gesetze zu kennen. Dann legten wir uns aufs Ohr und ließen das Gefängnisleben ruhig angehen.

Ein paar Tage später zerren sie uns vor Gericht. Wir lassen die Dinge eine Weile laufen, ohne uns zu wehren, bis der richtige Moment kommt. Da steht unser junger Anwalt auf und zieht unseren kleinen Joker aus der Tasche.

Seine Mandanten, sagt er, womit er mich und Flogger meint, sind durchaus bereit, sich der Bettelei schuldig zu bekennen. Aber es gibt nichts, aufgrund dessen man sie wegen Raub festhalten dürfte. Sie brauchten dringend Geld, und sie gingen in drei Geschäfte und baten darum. Sie hatten keine Waffen. Die Zeugenaussagen belegen nicht, daß sie Drohungen vorgebracht haben. Welche Gründe die Personen in den Läden auch veranlaßt haben mögen, ihnen den Inhalt der jeweiligen Registrierkassen auszuhändigen, um ihnen gefällig zu sein – sagt der Kleine –, steht in keinem Zusammenhang mit der Angelegenheit. Die Beweise sind klar. Seine Mandanten baten um Geld, und es wurde ihnen gegeben.

Bettelei, gewiß – und deshalb stehen seinen Mandanten wegen Landstreicherei Strafen von dreißig Tagen oder so im Kreisgefängnis zu. Aber Raub – nein!

Na, mein Sohn, das gab vielleicht 'n Tumult! Ich dachte, der Kadi würde irgendwas zertrümmern. Er ist ein dicker, aufgeblasener Trampel mit einem roten Gesicht und einem Kneifer auf der Nase. Sein Gesicht wird jetzt dunkelrot, und die Brille rutscht ihm alle fünf Minuten dreimal die Nase runter. Der Staatsanwalt führt einen regelrechten Indianertanz mit Schlachtgeschrei und allem Drum und Dran auf. Aber wir hatten sie geschafft!«

Der Alte verstummte mit einer Miene, als wäre alles gesagt. Ich wartete eine Weile, aber er nahm die Geschichte nicht wieder auf, als wäre tatsächlich nichts mehr zu erzählen; also stichelte ich ein bißchen.

»Ich verstehe nicht, inwiefern das deine Behauptung beweist«, sagte ich. »In deiner Geschichte wird das Recht doch gar nicht als Waffe benutzt.«

»Warte, mein Sohn, warte«, versprach er. »Du wirst es verstehen, noch bevor ich mit der Geschichte fertig bin ... Darauf holten sie ihre Zeugen zurück in den Zeugenstand. Aber das brachte nichts. Keiner von ihnen hatte irgendeine Waffe gesehen, und keiner von ihnen konnte sagen, wir hätten ihn bedroht. Sie sagten was über unser Aussehen, aber es ist ja kein Verbrechen, häßlich zu sein.

Darauf machten sie den Laden für den Tag dicht und jagten mich und Flogger zurück ins Kittchen. Und wir gingen zurück, so glücklich, wie man zwei Leute noch nie gesehen hat. Wir hatten die Welt am Wickel, mit einem ganz simplen Dreh, und das gefiel uns. Dreißig Tage, vielleicht auch sechzig, wegen Landstreicherei im Kreisgefängnis bedeuteten gar nichts. Das war uns schon früher passiert, und wir waren damit fertiggeworden.

Wir waren glücklich – aber das lag an der Beschränktheit unserer vertrauensseligen Naturen. Wir dachten, ein Gericht wäre vielleicht ein Ort, wo letztlich Gerechtigkeit geübt wird; wo Recht Recht ist; und wo alles nach dem Gesetz abläuft. Wir hatten früher schon mit dem Gesetz unsere

Schwierigkeiten gehabt, reichlich, aber diesmal war's anders – wir hatten das Gesetz auf unserer Seite, und wir rechneten damit, daß es uns treu bleiben würde. Aber –

Naja, auf alle Fälle bringen sie uns nach 'n paar weiteren Tagen wieder rüber ins Gericht. Und kaum werfe ich einen kurzen Seitenblick auf den Kadi und den Staatsanwalt, da fährt's mir irgendwie eiskalt den Rücken rauf. Sie haben so ein gemeines Flackern im Blick wie ein paar Kinder, die Reißzwecken auf 'nen Stuhl gelegt haben und warten, daß sich jemand auf sie draufsetzt. Vielleicht, denke ich, haben sie die Sachen so hingedreht, daß sie uns zwei oder drei, oder vielleicht sogar sechs Monate wegen Landstreicherei aufbrummen können. Aber ich befürchtete nicht die Hälfte von dem, was dann kam!

Sag mal, du hast doch auch schon dieses Gequatsche gehört, wie langsam die Gerichte sind, nicht? Also, dann kann ich dir nur sagen, nichts auf der Welt hat jemals schneller funktioniert als das Gericht an jenem Morgen. Wir hatten uns kaum richtig hingesetzt, da kamen die Dinge schon in Fahrt.

Unser kleiner Anwalt springt unaufhörlich auf und versucht, zu Wort zu kommen. Aber keine Chance!

Jedesmal, wenn er den Mund aufmacht, fährt ihm der Richter in die Parade und bringt ihn zum Schweigen; droht sogar, ihn rauszuschmeißen und obendrein mit 'ner Geldstrafe zu belegen, wenn er nicht die Klappe hält.

Der Mann, gegen den wir in der Garage losgegangen waren, war der Eigentümer, aber die in dem Leihhaus und dem Schuhladen waren bloß Angestellte. Deshalb lassen sie den Garagenbesitzer aus dem Spiel. Aber sie setzen die anderen beiden wegen schweren Diebstahls auf die Anklagebank, bringen sie dazu, sich schuldig zu bekennen, verdonnern sie zu fünf Jahren pro Nase mit Bewährung, ehe man auch nur einen Kaugummi von einer Backe in die andere schieben kann.

›Wenn‹, sagt der Kadi als Antwort auf die Proteste unseres Verteidigers, ›Ihre Mandanten nur um Geld baten und diese Männer es ihnen gaben, dann haben sich diese Männer des Diebstahls schuldig gemacht, weil das Geld ihren Arbeitgebern gehörte. Es bleibt dem Gericht deshalb nichts weiter übrig, als sie des schweren Diebstahls für schuldig zu befinden und sie jeweils zu fünf Jahren Zuchthaus zu verurteilen. Aber die Zeugenaussagen deuten darauf hin, daß diese Männer lediglich durch das überwältigende Verlangen, zweien ihrer Mitmenschen zu helfen, zu ihrer Tat getrieben wurden; daß sie nur durch einen unwiderstehlichen Drang zur Nächstenliebe dazu verleitet wurden, das Geld zu stehlen. Und das Gericht ist deshalb der Ansicht, daß es berechtigt ist, sein gesetzliches Privileg der Milde auszuüben und ihre Strafen zur Bewährung auszusetzen.‹

Ich und Flogger kapieren nicht gleich, was mit uns gemacht wird, aber unser Anwalt versteht's, und kaum werfe ich 'n Blick zu ihm rüber, weiß ich, daß die Sache ziemlich schlecht steht. Er keucht bloß noch irgendwie.

Der Rest der Drecksarbeit dauert länger, aber es gibt nichts, wodurch sie aufgehalten wird. Dieser alte Gauner von Richter hat unsere Anklagen abgeändert in ›Annahme gestohlenen Eigentums‹ – war ein schweres Verbrechen in dem Staat. Wir werden in zwei Anklagepunkten für schuldig befunden, und er brummt uns jedem zehn Jahre Kittchen auf, die von Anfang bis Ende abzusitzen sind.

Und ist dieser alte Gauner der Ansicht, daß das Gericht sein gesetzliches Privileg der Milde ausüben und unsere Strafen zur Bewährung aussetzen sollte? Keine Chance! Ich und Flogger wandern in den Kasten!«

(erstmals in: »The Black Mask«, Febr. 1924, unter dem Titel »The New Racket«)

Die ganz große Kohle

Joe Shupe stand im Eingang des kastenartigen Bürogebäudes – den Körper schräg zur Seite geneigt, so daß eine seiner mageren Schultern, gegen den grauen Stein gelehnt, seinen gekreuzten Beinen half, ihn aufrecht zu halten – und blickte uninteressiert auf die Straße.

Er war in den Vorraum getreten, um sich, geschützt gegen den stürmischen Wind, der die Riverside Avenue entlangtollte, eine Zigarette zu drehen, und war dann dort stehengeblieben, weil er nichts Besseres zu tun hatte. Tatsächlich hatte er im Augenblick gar nichts zu tun. Morgen würde er wieder die Stellenvermittlungen abklappern – eine Angelegenheit von wenigen Blocks, die Main und die Trent Avenue hoch, mit kurzen Abstechern in ein oder zwei Querstraßen –, und das nun schon den fünften Tag hintereinander; vielleicht, um mit einem Job belohnt zu werden, vielleicht, um zum x-ten Male das ihm mittlerweile vertraute »nichts in Ihrer Richtung heute« zu hören. Aber bis zu diesem nächsten Pilgergang lagen noch an die zwanzig Stunden vor ihm; und so lungerte Joe Shupe in dem Eingang herum, und düstere Gedanken begannen ihm durch den kleinen, runden Kopf zu wimmeln.

Zuerst dachte er an den Schweden, und das mit Abscheu. Der Schwede – er war ein Däne, aber der Unterschied war für Joe zu subtil – war aus einem Holzfällercamp am Lost Creek in die Stadt heruntergekommen, mit Geld in den Taschen und voller Vertrauen in die Welt. Als die Männer sich begegneten und ihre kurze Freundschaft schlossen, waren vom ansehnlichen Reichtum des Schweden nur noch fünfzig Dollar übrig. An sie kam Joe durch eine simple, uralte List, die selbst einem Holzfällermiesling vom Lost Creek hätte bekannt gewesen sein sollen. Was aus dem Vertrauen des betrogenen Schweden wurde, ist nicht verbürgt. Joe hatte sich *darüber* keine Gedanken gemacht.

Entscheidend für Joe war aber, daß er, durch die Mühelosigkeit veranlaßt, mit der er an die fünfzig Dollar gekommen war, den polierten Tresen verließ, über den er acht Stunden pro Tag Kuchen, Sandwiches und Kaffee geschoben hatte, und den Versuch unternahm, sich auf eigene Faust durchs Leben zu schlagen. Doch die fünfzig Dollar waren bald zerronnen, und der Schwede hatte keine Nachfolger gehabt; und nun wurde Joe Shupe von der Notwendigkeit gepeinigt, sich wieder eine Beschäftigung suchen zu müssen.

Joes Fehler war, wie Doc Haire mal gesagt hatte, daß er in der Welt der Verbrechen ein ungelernter Arbeiter war und sich deshalb damit begnügen mußte, alles zu stehlen, was sich ihm bot – eine schluderige und im allgemeinen unbefriedigende

Methode. Wie dieselbe Autorität oftmals erklärt hatte: »Sich mit'm Knüppel seinen Lebensunterhalt zu verdienen, ist kein Kinderspiel! Nimm die Hälfte von den Jungs, die aller Welt erzählen, was Wunder sie sind im Knacken von Panzerschränken, im Ausräumen von Läden und all den anderen Jobs – nicht die Hälfte davon verdient sich damit drei Mahlzeiten am Tag! Und dann, welche Chance hat ein Bursche, der nicht regelmäßig 'n einträgliches Geschäft hat, sondern sich aufs Glück verlassen muß? Hä?«

Aber Joe Shupe hatte diesen Rat, ja selbst des Orakels eigenes Beispiel ignoriert. Denn obwohl Doc Haire sich rühmte, der alles in allem erfolgreichste Einbrecher im ganzen Nordwesten zu sein, scheute er sich nicht, ab und zu in die Couer d'Alenes rauszugondeln und seine Finanzen mit ein paar Wochen Arbeit in den Minen aufzubessern. Joe wurde klar, daß Doc recht gehabt hatte; daß er nicht das Zeug hatte, sich durch die Schutzschichten zu graben, mit denen die Menschheit ihre Reichtümer panzerte; daß das Auftauchen des Schweden eine zufällige Episode gewesen und eine Wiederholung nicht zu erwarten war. Und nun gab er dem Schweden die Schuld...

Ein Getümmel auf der Straße unterbrach Joe Shupe in seinen Gedanken.

Auf der anderen Straßenseite kreiselten und drehten sich zwei Automobile in plumpen Tanzfiguren, setzten zurück und hielten. Männer begannen zwischen ihnen hin und her zu rennen. Ein hochgewachsener Mann in einem schwarzen Mantel erhob sich in einem der Wagen und schoß mit einer kleinkalibrigen Pistole auf unbestimmte Ziele. Im anderen Auto und in den Händen von Leuten auf der Straße zwischen den beiden Fahrzeugen tauchten weitere Waffen auf. Zuschauer drängten sich in Hauseingänge. Vom Ende der Straße rannte ein Polizist schwerfällig herbei, zerrte an seiner Hüfte und versuchte, sein Handgelenk aus einem Rockschoß zu befreien, in dem es sich verheddert hatte. Ein Mann lief über die Straße auf Joes Eingang zu, und eine schwarze Reisetasche schlenkerte an seiner Seite. Als der Fuß des Mannes die Bordsteinkante berührte, fiel er nach vorn und blieb halb im Rinnstein, halb auf dem Bürgersteig liegen. Die Tasche rutschte aus seiner Hand und glitt – sorgsam balancierend wie ein Junge auf Schlittschuhen – über das Pflaster Joe vor die Füße.

Die Einsichten von Doc Haire waren wirkungslos. Ohne über die Rentabilität des Diebstahls, die Annehmlichkeiten der Spezialisierung nachzudenken, folgte Joe seiner Veranlagung. Er hob die Tasche auf, verschwand durch die Drehtür im Foyer des Gebäudes, lief um eine Ecke, rannte einen Korridor entlang und kam schließlich zu einer kleineren Tür, durch die er in eine Gasse gelangte. Die Gasse führte auf eine andere Straße und zu einer Straßenbahn, die stehengeblieben war, um einem Lastwagen auszuweichen. Joe stieg ein.

Bis dahin hatte Joe Shupe sich von purem Instinkt leiten lassen und – vorausgesetzt, es war klug gewesen, die Tasche überhaupt anzufassen – hatte flink und mit schöner Präzision gehandelt. Doch jetzt holte ihn sozusagen sein Bewußtsein ein und übernahm wieder die Herrschaft über ihn. Er begann sich zu fragen, worauf er sich eingelassen hatte, ob seine Beute das Risiko wert sei, das ihr Besitz mit sich brachte, wie groß dieses Risiko wohl sein könnte. Er wurde aufgeregt, sein Puls pochte und sirrte in seinen Schläfen, und sein Mund wurde trocken. Er hatte die Vision von unzähligen Polizisten, in Taxis zusammengedrängt wie Hühner in der Kiste, die wie verrückt um die Wette rasten, um ihn zu fangen.

Vier Straßen von dem Punkt, wo er in die Straßenbahn gestiegen war, verließ er sie wieder, und nur der Verdacht, daß der Schaffner ihn beobachtete, veranlaßte ihn, die Tasche mitzunehmen. Am liebsten hätte er sie unauffällig zwischen den Sitzen stehenlassen, damit sie im Bahndepot gefunden würde. Er entfernte sich rasch von den Geleisen, bog dankbar um jede Ecke, die die Stadt ihm in den Weg stellte, bis er auf andere Straßenbahngeleise stieß. In der zweiten Tram blieb er sechs Blocks, dann schlängelte er sich erneut kreuz und quer durch die Straßen, bis er endlich zu dem Hotel kam, in dem er ein Zimmer hatte.

Nachdem er das Schlüsselloch mit einem Handtuch verhängt und die Jalousie vor dem einzigen schmalen Fenster heruntergezogen hatte, stellte Joe Shupe die Tasche auf sein Bett und machte sich daran, sie zu öffnen. Sie war fest verschlossen, aber mit seinem Messer attackierte er eine der ledernen Seiten und riß einen ausgefransten Schlitz hinein, durch den er in Abgründe aus grünem Papier blickte.

»Heilige Hölle!« rief sein weit aufgerissener Mund. »Geld wie Heu!«

Mit einem Ruck richtete er sich auf und lauschte, während sich seine kleinen, braunen Augen mißtrauisch im Zimmer umsahen. Er schlich auf Zehenspitzen zur Tür und horchte wieder; entriegelte sie flink und riß sie auf; spähte in den dunklen Gang. Dann kehrte er zu der riesigen Tasche zurück. Er vergrößerte die Öffnung und kippte und scharrte seine Beute aufs Bett: einen Berg graugrünes Papier – ein ganzes Scheffel davon –, säuberlich in kleine, weiche, mit Papierbanderolen versehene Stapel gebündelt. Tausender, Hunderter, Zehner, Zwanziger, Fünfziger! Einen langen Augenblick stand er mit offenem Mund da, gebannt, keuchend; dann deckte er den Geldhaufen hastig mit einer der abgewetzten grauen Decken auf dem Bett zu und sank matt daneben nieder.

Gleich darauf durchdrang der Wunsch zu wissen, wieviel er erbeutet hatte, Joes Betäubung, und er machte sich daran, das Geld zu zählen. Er zählte langsam und mit Schwierigkeiten, indem er jeweils ein Notenbündel aus seinem Versteck nahm und es unter eine zweite Decke steckte, wenn er damit fertig war. Er zählte jedes Päckchen, das er in die Hand bekam, Schein für Schein, ohne auf die Zahlen zu achten, die auf den Packpapierbanderolen standen. Bei fünfzigtausend hörte er auf und schätzte, daß er mit einem Drittel des Haufens durch war. Der Gefühlsaufruhr in ihm und die Anstrengung, die das ungewohnte Addieren seinem Hirn abverlangte, hatten mittlerweile seine Neugier vertrieben.

Sein Inneres, von der mathematischen Bürde befreit, wurde von einem alarmierenden Gedanken überfallen. Der Direktor des Hotels, der sein eigener Angestellter war, hatte Joe mit der Tasche nach Hause kommen sehen: Zwar war die Tasche ihrem Äußeren nach nicht ungewöhnlich, dennoch würde jede schwarze Tasche Augen und Mutmaßungen auf sich ziehen, nachdem man erst die Abendzeitungen gelesen hatte. Joe kam zu dem Schluß, daß er das Hotel verlassen und sich die Tasche vom Halse schaffen müsse.

Mühsam und auf Kosten von zwei großen Wasserblasen hackte er mit seinem stumpfen Messer auf die Tasche ein und faltete sie zusammen, bis sie, in eine alte Zeitung eingewickelt, ein kleines, bescheidenes Päckchen abgab. Dann verteilte er das Geld überall an seinem Körper, stopfte sich die

Taschen voll und steckte sogar ein paar Scheine in sein Hemd. Er blickte auf sein Spiegelbild, als er fertig war, und das Ergebnis war sehr unbefriedigend: er sah eindeutig wie ausgestopft aus.

So ging das nicht. Er zog seinen verbeulten Koffer unter dem Bett hervor und legte das Geld hinein, unter seine wenigen Sachen.

Es gab keine Verzögerung beim Verlassen des Hotels: es war von der Sorte, wo alle Rechnungen im voraus fällig sind. Er ging an vier Mülltonnen vorbei, ehe er den Mut aufbrachte, sich der Reste der Tasche zu entledigen, doch dann steckte er sie beherzt in die fünfte.

Er mietete sich in einem Hotel ein, das, von seiner letzten Bleibe aus gesehen, am anderen Ende der Stadt lag, und ging sofort auf sein Zimmer. Hinter heruntergelassenen Jalousien, verhängtem Schlüsselloch und geschlossenem Oberlicht nahm er das Geld wieder heraus. Er hatte sich vorgenommen, das Zählen zu beenden – die Flucht quer durch die Stadt hatte den Wunsch neu belebt, die Größe seines Reichtums zu kennen –, aber als er merkte, daß er alles durcheinandergebracht, bereits Gezähltes mit Ungezähltem zusammengetan hatte, und sich die Riesigkeit der Aufgabe ausmalte, gab er auf. Zählen war ein »mieser Job«, und die Zeitungen würden ihm berichten, wieviel er besaß.

Er wollte sich das Geld ansehen, seine Augen sich daran weiden lassen, seine Finger damit streicheln, aber diese Menge machte ihn nervös, ja sie ängstigte ihn, auch wenn das Geld nun vor neugierigen Augen sicher war. Es war einfach zu viel. Es raubte ihm die Nerven. Tausend Dollar oder vielleicht auch zehntausend würden ihn mit wahnsinniger Freude erfüllt haben, aber dieser Riesenhaufen ... Verstohlen packte er es in den Koffer zurück.

Zum erstenmal stellte er es sich jetzt nicht als Geld vor, sondern als Ding an sich – statt Geld sah er Frauen, Karten, Schnaps, Faulenzen, alles! Für den Augenblick nahm sie ihm den Atem – die Vorstellung von all dem, was die Welt jetzt für ihn bereithielt! Und ihm kam der Gedanke, daß er Zeit vergeudete, daß diese Dinge draußen auf ihn warteten, ihm zuwinkten, während er in diesem Zimmer stand und von ihnen träumte. Er machte den Koffer auf, nahm zwei Handvoll von den Geldscheinen heraus und stopfte sie sich in die Taschen.

Als er von der Rezeption zur Straße hinunterging, blieb er auf der Treppe wie angewurzelt stehen. Ein Hotel dieser Art – das heißt jeder Art – war sicher nicht der Ort, um runde hundertfünfzigtausend Dollar unbewacht zurückzulassen. Ein schöner Trottel wäre er, wenn er wegginge und es sich stehlen ließe!

Er lief wieder in sein Zimmer hinauf, nahm sich kaum die Zeit, seine Vorsichtsmaßnahmen von vorher zu wiederholen, und hechtete nach dem

Koffer. Das Geld war noch da. Dann setzte er sich hin und versuchte sich eine Maßnahme einfallen zu lassen, durch die das Geld während seiner Abwesenheit geschützt werden könnte. Er hatte Hunger – seit dem Morgen hatte er nichts gegessen –, aber er konnte das Geld nicht einfach zurücklassen. Er fand ein Stück festes Papier, wickelte das Geld darin ein und verschnürte es sorgsam zu einem großen, aber unauffälligen Paket.

Auf der Straße riefen Zeitungsjungen Extrablätter aus. Joe kaufte sich eine Zeitung, faltete sie sorgfältig so, daß die Überschriften nicht zu sehen waren, und ging in ein Restaurant an der Fifth Avenue. Er setzte sich an einen Tisch in der Ecke, das Paket auf dem Fußboden, die Füße auf dem Paket. Dann breitete er mit gespielter Lässigkeit die Zeitung vor sich aus und las von dem Überfall am hellichten Tag, bei dem 250 000 Dollar aus einem Wagen der Fourth National Bank geraubt worden waren. 250 000 Dollar! Er hob das Paket vom Boden hoch, wobei er in seiner Hast mit der Stirn geräuschvoll gegen den Tisch schlug, und stellte es auf seinen Schoß. Dann errötete er in rascher Verlegenheit, wurde vor Angst blaß und gähnte übermäßig. Nachdem er sich vergewissert hatte, daß niemand im Restaurant sein sonderbares Benehmen bemerkt hatte, wandte er seine Aufmerksamkeit wieder der Zeitung zu.

Fünf der Gangster waren noch bei dem Vorfall

selbst geschnappt worden, stand in der Zeitung, und zwei von ihnen waren schwer verletzt. Die Räuber, die der Zeitung zufolge über den ungewöhnlich großen Geldtransport von irgendeinem Freund innerhalb der Bank Informationen erhalten haben mußten, hatten ihren Coup verpfuscht, weil sie ihr Fahrzeug viel zu weit von dem ihrer Opfer zum Stehen gebracht hatten, um ihren Schlag tatsächlich so wirkungsvoll wie möglich landen zu können. Trotzdem war der sechste Gangster mit dem Geld entwischt. Wie zu erwarten, leugneten die Verbrecher, daß es einen sechsten gegeben hatte, aber das Verschwinden des Geldes bewies, daß seine Existenz nicht zu bestreiten war.

Von dem Restaurant ging Joe zu einer Kneipe in der Howard Street, kaufte zwei Flaschen Klaren und brachte sie hoch in sein Zimmer. Er hatte beschlossen, den Abend zu Hause zu bleiben: er konnte doch nicht mit 250 000 $ unter dem Arm in der Gegend herumlaufen. Angenommen, irgendein Fehler im Papier würde plötzlich unter der Beanspruchung nachgeben. Oder er würde das Paket fallen lassen ...

Stundenlang kramte er in dem Zimmer herum und grübelte über sein Problem mit aller Konzentration nach, zu der sein dumpfes Gemüt fähig war. Er entkorkte eine der Flaschen, die er mitgebracht hatte, aber er stellte sie wieder zur Seite, ohne davon zu probieren: er konnte es nicht riskieren zu trinken, bevor er das Geld in Sicherheit gebracht hatte. Es war eine viel zu große Verantwortung, um sie mit Alkohol zu vermischen. Die Versuchungen in Form von Frauen und Karten und allem anderen machten ihm im Moment keine Sorgen; dafür war Zeit genug, wenn das Geld in Sicherheit war. Er konnte es nicht in seinem Zimmer lassen, und er konnte es auch nicht an einen der anderen Orte schaffen, die er kannte, oder überhaupt irgendwohin.

Er schlief die Nacht wenig und war bis zum Morgen mit seinem Problem nicht weitergekommen. Er dachte daran, das Geld auf die Bank zu bringen, gab den Gedanken aber als absurd wieder auf: er konnte doch nicht einen Tag oder zwei nach einem überall groß herausgestellten Raubüberfall in eine Bank gehen und mit einer Riesenmenge Bargeld ein Konto eröffnen. Er überlegte sogar, ob er nicht irgendwo einen entlegenen Ort suchen solle, wo er es vergraben könnte; aber das erschien ihm noch lächerlicher. Ein paar Schaufeln Erde waren kein ausreichender Schutz. Er konnte sich auch ein Haus kaufen oder mieten und das Geld auf seinem eigenen Grundstück verstecken; aber da gab es Brände zu bedenken, und was als Versteck für ein paar hundert Dollar dienen konnte, würde für viele Tausende nicht reichen: er brauchte einen absolut sicheren Plan, einen, der in jeder Hinsicht sicher wäre und kein Schlupfloch zuließe, durch das das Geld verschwinden könnte. Er kannte ein halbes Dutzend Leute, die ihm hätten sagen können, was zu tun sei; aber wem von ihnen konnte er vertrauen, wenn 250 000 Dollar auf dem Spiel standen?

Als ihm von der vielen Raucherei auf nüchternen Magen schwindlig war, griff er wieder zu seinem Koffer und verließ das Hotel. Ein Tag voller Sorgen und Unruhe, an dem er seine Beute unentwegt in der Hand oder unter seinen Füßen hatte, brachte keinen Rat. Das graugrüne Schreckgespenst, das in seinem Koffer hauste, lähmte ihn, der er durch seine nie sehr lebhafte Phantasie sowieso schon im Nachteil war. Seine Nerven begannen kleine zitternde Botschaften – Vorboten von Panik – an sein Gehirn auszusenden.

Als er an diesem Abend aus einem Restaurant kam, lief er Doc Haire persönlich in die Arme.

»Hallo, Joe! Willste verreisen?«

Joe sah runter auf den Koffer in seiner Hand. »Ja«, sagte er.

Das war die Lösung! Warum hatte er nicht schon früher daran gedacht! In einer anderen Stadt, in einiger Entfernung vom Schauplatz des Überfalls, gäbe es keine der Beschränkungen, die ihn in Spokane nicht zur Ruhe kommen ließen. Seattle, Portland, San Francisco, Los Angeles, die Ostküste!

Obgleich Joe Shupe den Schlafwagenplatz bezahlt hatte, nahm er ihn nicht ein, sondern blieb die ganze Nacht in einem normalen Abteil sitzen.

Im letzten Augenblick war ihm klargeworden, daß er nicht wußte, wie man sich in Schlafwagen verhielt – vielleicht wurde man aufgefordert, das Handgepäck aufzugeben. Joe wußte es nicht, aber er wußte, daß er das Geld in seinem Koffer nicht aus den Händen geben würde.

In Seattle war seine Freiheit nicht größer als in Spokane. Er hatte vorgehabt, auf jeder Bank in der Stadt ein Konto zu eröffnen und seine Reichtümer in diskreten Beträgen weit zu verteilen; und zwei Tage versuchte er, seinen Plan in die Tat umzusetzen. Aber seine nervösen Beine wollten ihn einfach nicht durch die Eingangstür einer Bank tragen. Es lag etwas zu Strenges, zu Amtliches, zu Allwissendes allein schon in der Architektur dieser Finanzinstitutionen, und man konnte nie wissen, welche Komplikationen, welche Fragen einen Menschen da drin erwarteten.

Die Angst, von gerisseneren Dieben um seinen Reichtum gebracht zu werden – und er gestand sich inzwischen offen ein, daß es davon wahrscheinlich viele gäbe –, begann ihn zu verfolgen und hielt ihn von Tanzsälen, Billardzimmern, Spielhöllen und Kneipen fern. Vor jedem, der auch nur die beiläufigsten Worte an ihn richtete, flüchtete er Hals über Kopf. Am ersten Tag in Seattle kaufte er sich eine komplette Ausstattung heller, bunter Kleider, aber er trug sie nur eine halbe Stunde. Er hatte das Gefühl, daß sie ihn alles in allem zu wohlhabend erscheinen ließen und bestimmt die Aufmerksamkeit von Scharen von Dieben auf ihn zögen.

Nachts schlief er jetzt mit dem Koffer neben sich im Bett und hielt einen seiner Arme in einer beschützenden Umarmung, die der eines Bräutigams nicht unähnlich sah, um ihn gelegt, und aus Furcht, jemand könnte an dem Koffer ziehen, wachte er immer wieder auf. Und jede Nacht schlief er in einem anderen Hotel. Er wechselte sein Logis jeden Tag, aus Angst vor der Neugier, die, falls er zu lange in ein und demselben Hotel bliebe, seine Angewohnheit, nie den Koffer aus der Hand zu geben, erregen könnte.

Was er normalerweise an Einsicht besaß, das war ihm in der Zwischenzeit durch die Panik, in der er lebte, völlig abhandengekommen. Er lief ziellos in der Stadt herum, ein abgerissener Mann mit dem Blick eines gehetzten Kaninchens in den angstvollen Augen, richtungslos, ohne Entschlußkraft, von bösen Ahnungen erfüllt, die aber machtlos waren, außer daß sie die Apathie in seinem Kopf noch verstärkten.

Sinnloses Einerlei füllte seine Tage. Um acht oder halb neun verließ er das Hotel, in dem er übernachtet hatte, frühstückte in einer nahegelegenen Imbißstube, und dann lief er los – die Second runter bis zum Yessler Way, zur Fourth, zur Pike – oder vielleicht sogar bis zur Steward – zur Second, zum Yessler Way, zur Fourth ... Manchmal wurde er seinem Rhythmus untreu und setzte sich eine Stunde oder länger auf eine der grünen Eisenbänke um das Totem auf dem Pioneer Square und starrte geistesabwesend auf die Straße, während er seinen Koffer entweder neben sich oder unter seinen Füßen hatte. Gleich darauf stand er, von einer seltsamen Unruhe getrieben, abrupt wieder auf und begann seinen Rundgang von neuem, den Yessler Way hinunter bis zur Fourth, zur Pike, zur Second, zum Yessler Way, zur ... Wenn er an Nahrung dachte, aß er kärglich im nächstbesten Restaurant, aber oft vergaß er es den ganzen Tag.

Seine Nächte waren lebhafter: mit Einbruch der Dunkelheit schüttelte sein Hirn die Benommenheit ab und wurde empfindlich bis zur Schmerzgrenze. Lag er im Dunkeln da, stets in einem fremden Zimmer, dann war er erfüllt von heftigen Ängsten, deren anarchisches Durcheinander sich bis zum Delirium steigerte. Nur in seinen Träumen sah er die Dinge klar. Seine kurzen und weit auseinanderliegenden Dämmerzustände schenkten ihm deutliche, scharf umrissene Bilder, in denen ihm immer von neuem sein Geld geraubt wurde, normalerweise unter physischer Gewaltanwendung in ihren unangenehmsten Formen.

Das Ende war unvermeidlich. In einer größeren Stadt hätte Joe Shupe möglicherweise so weitergemacht, bis seine Geisteskräfte völlig verfallen und er zusammengebrochen wäre. Aber Seattle ist nicht groß genug, um die Identität seiner Bewohner zu vertuschen: Die Gesichter von Fremden werden vertraut, man gewöhnt sich daran, dem Mann mit der braunen Melone irgendwo in der Nähe des Postamts zu begegnen und dem rothaarigen Mädchen mit den Weintrauben auf dem Hut irgendwo in der Pine Street zwischen zwölf und eins am Mittag; und man sucht nach dem schlanken Burschen mit dem auffallenden Schnurrbart, an dem man im Laufe des Tages mindestens zweimal auf der Straße vorbeizukommen erwartet. Und so geschah es, daß zwei Beamte von der Prohibitionsüberwachung langsam auf Joe Shupe und seinen verbeulten Koffer und die ohnmächtige Angst in seiner Miene aufmerksam wurden.

Sie nahmen ihn zuerst nicht sehr ernst, bis sie ganz zufällig hinter seine Gewohnheit kamen, jede Nacht die Adresse zu wechseln. Und eines Tages dann, als sie nichts Bestimmtes zu tun hatten und die Erinnerung an Rügen, die sie von ihren Vorgesetzten dafür erhalten hatten, daß sie nicht oft genug »Ergebnisse vorweisen« konnten, noch frisch war, trafen sie Joe auf der Straße. Zwei Stunden lang beschatteten sie ihn – die Fourth rauf bis zur Pike, zur Second, zum Yessler Way... Auf dem dritten Rundgang brachten Verwirrung und Verdruß die beiden Beamten dazu, Joe anzusprechen.

»Ich hab nichts gemacht!« sagte Joe zu ihnen und drückte den Koffer mit beiden Armen gegen seinen ausgezehrten Körper. »Lassen Sie mich in Ruhe!«

Einer von den Beamten sagte etwas, das Joe nicht verstand – er war mittlerweile nicht mehr imstande, noch irgend etwas zu begreifen –, aber Tränen traten ihm in die rotgeränderten Augen und liefen über die Höhlen seiner Wangen hinab.

»Lassen Sie mich in Ruhe!« wiederholte er.

Dann drehte er sich um, hielt den Koffer noch immer gegen die Brust gepreßt und rannte die Straße hinunter. Die Beamten holten ihn mit Leichtigkeit ein.

Joe Shupes Geschichte, wie er in den Besitz der geraubten Viertelmillion gekommen war, wurde von allen – Polizei, Presse, Publikum – mit großer Belustigung aufgenommen. Aber nun, da die Verantwortung für die Sicherheit des Geldes bei der Polizei von Seattle lag, konnte er endlich wieder tief schlafen, in der ersten wie auch in allen folgenden Nächten; und als er zwei Wochen später in Spokane in den Gerichtssaal trat, um vergeblich zu beteuern, daß er keiner von den Männern sei, die den Wagen der Fourth National Bank gestoppt hatten, war er wieder der Alte, körperlich und geistig.

(erstmals in: »The Smart Set«, Okt. 1923)

Der Haarige

Sagen wir, es geschah auf einer der Tawi Tawis. Das würde aus Jeffol einen Moro machen. Eigentlich ist es ohne Bedeutung, was er war. Wäre er ein Maya oder ein Gurkha gewesen, hätte er Levison den Arm mit einer Machete oder einem Kukri statt mit einem Kris aufgeschlitzt, aber das hätte am Ende keinen Unterschied gemacht. Auf Diniharis Rasse kommt es ebensowenig an. Sie war eine Frau, eine zuvorkommende Frau von der Art, bei der ein Nein zwischen Kehle und Zähnen stets zum Ja wird. Man findet sie in Nome, in Kapstadt und in Durham und in jeder Hautschattierung; aber da die Tawi Tawis das untere Ende der Sulu-Inseln bilden, war sie in diesem Falle braun.

Sie war eine geschmeidige, braunhäutige Frau mit einem besonderen Talent, sich ihren Sarong um die Hüften zu winden, so daß er ein Teil von ihr wurde – ein Kniff, der einer Frau entweder auch mit einem Kartoffelsack gelingt oder zu dem sie selbst mit japanischem Seidenbrokat nicht in der Lage ist. Sie war klein und gut im Fleische, ja richtig stolz auf ihren Körper. Zwar war sie nicht wirklich schön, aber wenn man mit ihr allein war, konnte man den Blick nicht von ihr wenden und wünschte sich, daß sie keinem Mann gehörte, vor dem man Angst hatte. Doch das war so, als sie zu Levison gehörte.

Vorher war es Jeffol gewesen. Ich weiß nicht, wo er sie herhatte. Ihr Dialekt war nicht der des Dorfes, aber danach konnte man nicht gehen. Es gibt da unten unzählige Dialekte – Mixturen aus Malaiisch, Tagalog, Portugiesisch und was nicht noch allem. Ihr Sarong war ein goldgewirkter *kain sungkit,* also hatte Jeffol sie zweifellos aus Borneo mit rübergebracht. Bei ihm mußte man damit rechnen, daß er vom Fischen mit sonstwas nach Hause kam.

Jeffol war ein guter Moro – ein guter Kumpel bei einer Schlägerei wie beim Saufen. Groß für einen Moro, fast so groß wie ich, war er von einer trügerischen Schlankheit, die einen mit der Kraft seiner schlangenglatten Muskeln nicht rechnen ließ. Sein Gesicht war fröhlich, intelligent, fast hübsch, und er trat ziemlich großspurig auf. Seine Hände fuhren schnell zu den Messern an seiner Hüfte, und darüber trug er – schlafend oder wachend – eine ärmellose Kampfjacke, auf die Verse aus dem Koran geschrieben waren. Die Jacke war sein kostbarster Besitz, gleich nach seinem *anting-anting.*

Sein älterer Bruder war der *datto*, genau wie sein Vater, aber der Bruder hatte wenig von der Autorität des Vaters oder von dessen Vorliebe für die Teufelskunst geerbt. Erstere war durch die Militärregierung geschwächt worden, und von der zweiten hatte Jeffol den Großteil abgekriegt. Er war wild und ungebunden wie seine Piratenvorfahren, bis Langworthy ihn unter seine Fuchtel nahm.

Langworthy war schon auf der Insel, als auch ich dort ankam. Er hatte nicht viel Glück gehabt. Der Islam paßte zu den Moros, besonders in der lockeren Form, in der sie ihn ausübten. Langworthy hatte nichts von einem ernsten, schlaksigen, pferdegesichtigen Missionar. Er war drall und fleischig, trainierte jeden Morgen vor dem Frühstück mit seinen Hanteln und dem Punchingball, und er stiefelte auf der Insel mit einem roten Gesicht herum, das bei der kleinsten Gelegenheit zu grinsen begann. Er hatte eine ganz bestimmte Art, sein Kinn in die Luft zu strecken und dich drüber weg anzugrinsen. Ich mochte ihn nicht.

Er und ich kamen von Anfang an nicht sehr gut miteinander aus. Ich hatte meine Gründe, ihm nicht zu erzählen, woher ich kam, und als er merkte, daß ich eine Weile zu bleiben gedachte, verfiel er auf die Idee, ich würde seinen Leuten – er nannte sie so, obwohl sie ihm nur wenig Beachtung schenkten – nicht sehr guttun. Später schickte er immer wieder Botschaften nach Bangao, in denen er sich beklagte, ich würde die Eingeborenen verderben und das Ansehen des weißen Mannes herabsetzen.

Das war, nachdem ich ihnen beigebracht hatte,

wie man Blackjack spielt. Sie spielten, wann immer sie etwas hatten, worum sie spielen konnten, und es war schon in Ordnung, daß sie ein Spiel spielten, bei dem nicht allzuviel dem Glück überlassen wird. Wenn ich ihnen nicht ihr Geld abgenommen hätte, hätten es die Chinesen getan, und es war sowieso nicht soviel, um darüber in Geschrei auszubrechen.

Ein paar Jahre früher – Ende der neunziger – hätte Langworthy keine Schwierigkeiten gehabt, mich loszuwerden, aber seit damals war die Regierung ein bißchen nachlässiger geworden. Ich weiß nicht, was man ihm auf seine Beschwerden geantwortet hat, aber das Ausbleiben amtlicher Maßnahmen machte ihn nur noch entschlossener, mich zu vertreiben.

»Peters«, sagte er immer wieder zu mir, »Sie müssen diese Insel verlassen. Sie üben schlechten Einfluß aus und müssen weg.«

»Sicher, sicher«, stimmte ich ihm gähnend zu. »Aber es hat doch keine Eile.«

Wir kamen überhaupt nicht miteinander zurecht, aber mein Blackjack war schließlich der Grund, weshalb er mit seiner Mission Erfolg hatte, obwohl er das nie zugeben wollte.

Jeffol ging eines Nachts beim Spielen pleite – verlor sein Vermögen von vierzig mexikanischen Dollars – und entdeckte, was für sein schlichtes Gemüt die sichere Ursache seines Pechs war: Sein *anting-anting* war weg, seine kostbare, glückbringende Sammlung von Gott weiß was, die in einem stinkenden kleinen Beutel gesteckt hatte, war von ihrer Schnur um seinen Hals verschwunden. Ich versuchte, ihn aufzumuntern, aber auf Vernunft wollte er nicht hören. Sein Schutz vor allen Übeln dieser Welt – und was es sonst noch an anderen Welten geben mochte – war weg. Jetzt konnte ihm alles widerfahren – alles Schlechte. Er lief mit gesenktem Kopf im Dorf herum. In dieser Lage war er eine reife Frucht für Langworthy, und Langworthy pflückte sie.

Ich sah, wie Jeffol bekehrt wurde, auch wenn ich zu weit weg war, um zu hören, was dabei geredet wurde. Ich saß gerade unter einer Pappel und stopfte mir eine Pfeife. Jeffol war eine halbe Stunde oder länger am Strand hin und her gelaufen, das Kinn auf der Brust, mit schlurfenden Füßen.

Dann kam Langworthy den Strand entlang, stelzte mit durchgedrückten Knien daher, wie ein Mann, der einer Keilerei entgegenschreitet, bei der er mit seinem Sieg rechnet. Er holte Jeffol ein und sagte etwas, dem der Moro keine Beachtung schenkte. Jeffol hob nicht mal den Kopf, sondern lief einfach weiter, obwohl er im allgemeinen ziemlich höflich war. Langworthy hielt Schritt mit ihm, und sie drehten eine Runde den Strand rauf und runter, wobei der Weiße wie ein Wasserfall auf ihn einredete. Jeffol gab, soweit ich sehen konnte, nicht eine einzige Antwort.

Die Gesichter einander zugekehrt, blieben sie

plötzlich stehen. Langworthys war noch röter als sonst, und sein Kinn ragte in die Höhe. Jeffol blickte finster drein. Er sagte etwas. Langworthy sagte etwas. Jeffol trat einen Schritt zurück, und seine Hand ging an den elfenbeinernen Griff eines Kris, den er im Gürtel seines Sarong trug. Er kam aber nicht so weit, die Waffe zu ziehen. Der Missionar trat vor und streckte ihn mit einer harten Linken in den Magen nieder.

Ich stand auf und ging weg, wobei ich mir vornahm, auf diese Linke zu achten, falls Langworthy und ich uns mal in die Haare geraten sollten. Ich brauchte mir das Schauspiel nicht bis zum Schluß anzusehen, um zu wissen, daß er jemanden bekehrt hatte. Es gibt zwei Dinge, die ein Moro durch und durch versteht und rückhaltlos respektiert – Gewalt und einen guten Witz. Schlag ihn nieder oder bring ihn zum Lachen, und du kannst mit ihm machen, was du willst – und er hat es obendrein noch gern. Als ich Jeffol das nächstemal sah, war er Christ.

Trotz der Proteste des *datto* folgten einige Moros Jeffols Beispiel, und Langworthys Brust schwoll um etliche Zentimeter. Er war so klug zu lernen, daß er bessere Fortschritte erzielte, wenn er sie mit den Köpfen zusammenknallte, als wenn er die feinsinnigeren theologischen Punkte mit ihnen erörterte, und nach zwei oder drei athletischen Bibelstunden hatte er seine Herde gut im Griff – für eine Weile.

Die meisten büßte er wieder ein, als er das Thema Ehefrauen aufs Tapet brachte. Eine Frau zu ernähren, war da unten nicht kostspielig, und wenn auch die Moros speziell auf dieser Insel nicht im Reichtum schwammen, so konnten sich doch fast alle mehrere Frauen leisten, und manche waren so wohlhabend, daß sie außer den vier Frauen, die das Gesetz erlaubte, auch noch ein oder zwei junge Sklavinnen bei sich aufnahmen. Auf diesen Punkt versteifte sich Langworthy. Er teilte seinen Neubekehrten mit, daß sie bis auf ihre erste Frau alle anderen aufgeben müßten. Und natürlich kehrten alle seine Täuflinge, die mehr als eine Frau hatten, prompt zu Allah zurück – bis auf Jeffol.

Er meinte es ernst, wobei sein einziger Gedanke darin bestand, den Schaden auszugleichen, der ihm durch den Verlust seines *anting-anting* entstanden war. Er hatte vier Frauen und zwei Sklavinnen, darunter Dinihari. Sie wollte er behalten und die anderen laufen lassen, aber der Missionar sagte nein. Jeffols Ehefrau Nummer eins sei seine einzige wahre Ehefrau – sagte Langworthy. Da hätte Jeffol fast den Kram hingeschmissen, aber die Notwendigkeit, einen Ersatz für sein *anting-anting* zu finden, rührte sich stark in ihm. Sie schlossen einen Kompromiß. Er solle seine Frauen aufgeben, nach Bangao fahren, um sich von seiner ersten Frau scheiden zu lassen, und dann werde Langworthy ihn mit Dinihari trauen. In der Zwischenzeit würde das Mädchen zur sicheren Aufbewahrung dem *datto* übergeben. Die Frau des *datto* war eine Klafte mit einem Gesicht wie eine Suppenschüssel, die ihn bislang mit Erfolg daran gehindert hatte, sich eine zweite Frau zu nehmen, deshalb wurde sein Haushalt als für das Mädchen sicher angesehen.

Drei Tage, nachdem Jeffol nach Bangao abgereist war, wachten wir auf und stellten fest, daß Levison unter uns weilte. Er war während der Nacht angekommen, allein, in einer Motorjolle, die mit Holzkisten vollgepackt war.

Levison war ein Monster in Größe und Aussehen. Einsachtundneunzig war er groß, aber schon aus geringer Entfernung konnte man ihn für einen Mann von mittlerer Größe halten. An ihm hingen dreihundert Pfund, falls das reicht, die seine Klamotten ausbeulten – ganz abgesehen von dem Haar, das eine Sache für sich war. Er war mit schwarzen Haaren völlig bedeckt. Es kräuselte sich von seiner niedrigen Stirn bis zum Nacken, wuchs über seinen Augen in einem dicken, geraden Balken und sproß ihm aus den Ohren und der großen Hakennase. Unter seinen halb verborgenen finsteren Augen bedeckte es sein Gesicht mit einem dreißig Zentimeter langen Bartgewirr, es überzog seinen Körper wie ein Bärenfell und bepelzte ihm Schultern, Arme und Beine.

Er hatte nicht viel an, als ich zu der Jolle rauspaddelte, um mich mit ihm bekannt zu machen, und was er anhatte, war zu klein für ihn. Sein

Hemd war an Dutzenden von Stellen aufgerissen, und die Ärmel fehlten. Seine Hosenbeine waren an den Knien abgerissen. Er sah aus wie eine platzende Roßhaarmatratze – nur war an dem Körper im Inneren dieser Haare nichts Schlaffes oder Saftloses. Er war beweglich wie ein Akrobat. Es war das erstemal, daß ich ihn zu Gesicht bekam, allerdings erkannte ich ihn auf Anhieb nach dem, was ich im Jahr zuvor in Manila über ihn gehört hatte. Er hatte einen entzückenden Ruf.

»Hallo, Levison«, begrüßte ich ihn, als ich längsseits kam. »Willkommen in unserem kleinen Paradies.«

Er äugte mißmutig auf mich runter, vom Hut bis zu den Schuhen und wieder zurück, und dann nickte er mit seinem gewaltigen Kopf.

»Du bist –«

»Bin ich nicht«, verneinte ich und kletterte über die Bordwand. »Nie von dem Kerl gehört, und ich bin unschuldig an allem, was er getan hat. Mein Name ist Peters, und ich bin mit keinem anderen Peters auch nur entfernt verwandt.«

Er lachte und zog eine Flasche Gin hervor.

Das Dorf bestand aus zwei Handvoll strohgedeckter Hütten, die auf Pfähle gesetzt waren, so daß das Wasser bei Flut unter sie hereinbranden konnte; es stand in einer kleinen Bucht, die durch ein Vorgebirge geschützt war, das mit seiner Spitze in Richtung Celebes wies. Levison baute sein Haus – ein großes mit drei Zimmern – draußen, nahe am Ende dieser Landspitze, neben die Reste eines alten spanischen Blockhauses. Ich verbrachte mit ihm viel Zeit da draußen. Es war schwierig, mit ihm auszukommen, er war ein durch und durch widerlicher Kerl, aber er hatte Gin – echten Gin und jede Menge –, und ich hatte *nipa* und *samshu* satt. Er dachte, ich hätte keine Angst vor ihm, und dieser Irrtum machte es mir leichter, mit ihm klarzukommen.

Es war was Merkwürdiges an diesem Levison. Er war so stark wie drei Männer und ein tückischer Fiesling durch und durch, aber nicht mit der ehrlichen Brutalität eines starken Mannes. Er war wie ein niederträchtiges Kind, das, nachdem es von größeren Jungs gepiesackt worden ist, sich plötzlich unter kleineren befindet. Das verwirrte mich immer wieder.

Zum Beispiel stolperte auf einem Dschungelpfad mal der alte Muda gegen ihn. Du oder ich, wir hätten den unbeholfenen alten Kerl einfach zur Seite geschoben oder vielleicht, falls wir in dem Moment gerade miese Laune gehabt hätten, zur Seite geprügelt. Levison packte ihn und machte irgendwas mit seinen Beinen. Muda mußte in seine Hütte getragen werden und konnte danach nie wieder laufen.

Die Moros nannten Levison den Haarigen *(Ber-Bulu)*, und weil er groß und stark und gewalttätig war, bewunderten sie ihn ungeheuer.

Es war noch keine Woche nach seiner Ankunft,

als er Dinihari zu sich nach Hause brachte. Ich war gerade bei ihm, als die beiden hereinkamen.

»Verzieh dich, Peters«, sagte er. »Wir machen Flitterwochen.«

Ich sah das Mädchen an. Sie war nur Grübchen und gekräuselte Nase – völlig weg vor Glück.

»Sachte«, riet ich dem Haarigen. »Sie gehört Jeffol, und der ist unangenehm.«

»Ich weiß«, griente er durch seinen Bart. »Ich weiß alles über ihn. Zur Hölle mit ihm!«

»Du bist der Doktor. Gib mir 'ne Flasche Gin, damit ich auf euch trinken kann, dann hau ich ab.«

Ich bekam den Gin.

Ich war bei Levison und dem Mädchen, als Jeffol aus Bangao zurückkam. Ich hatte es mir auf einem Diwan bequem gemacht. Auf der anderen Seite des Zimmers saß der Haarige zurückgelehnt auf einem Stuhl und redete. Dinihari hockte am Boden zu seinen Füßen, so herumgedreht, daß sie mit bewundernden Augen in sein Gesicht hochschauen konnte. Sie war ein glückliches, braunhäutiges Mädchen. Warum auch nicht? Hatte sie nicht den stärksten Mann auf der ganzen Insel – den stärksten Mann auf dem ganzen Archipel? Und abgesehen von seiner Stärke, war er nicht behaart wie ein Bartaffe, und das in einem Land, in dem die Männer nicht viele Haare im Gesicht und am Körper haben?

Dann flog die Tür auf, und Jeffol kam herein.

Seine Augen waren mehr rot als schwarz. Er war noch nicht im christlichen Glauben heimisch, darum verfluchte er Levison mit mohammedanischen Flüchen. Bis zu einem gewissen Punkt sind die ja ganz gut, aber der Gipfel – normalerweise »Schwein« – hört sich für westliche Ohren ein bißchen harmlos an. Jeffol machte seine Sache gut. Doch er hätte sie noch besser gemacht, wenn er mit seinen Messern in der Hand reingekommen wäre, statt in seinem völlig verdrehten Sarong.

Levisons Stuhl kam mit einem Ruck zum Stehen, und er lief quer durchs Zimmer – schneller, als man gedacht hätte. Jeffol gelang es, einen Kris zu ziehen, mit dem er Levison einen seiner Arme vom Ellbogen bis zum Handgelenk aufschlitzte. Dann war der Moro mit seinem Latein am Ende. Der Haarige war zu groß und zu stark für ihn – er riß ihn hoch, schlug ihm die Waffen aus Hand und Sarong, packte ihn an Arm und Schenkel und schmiß ihn aus dem Haus.

Und Dinihari? Der Leib ihres früheren Herrn war noch nicht auf dem Boden aufgeschlagen – ein böser Sturz bei Ebbe –, da beugte sie sich schon über Levisons behaarten Arm und küßte den blutenden Schnitt.

Jeffol mußte mit einer verrenkten Schulter und Prellungen am Rücken eine Woche lang das Bett hüten. Ich ging mal auf einen Besuch bei ihm vorbei, aber er war nicht sehr freundlich. Er schien der Ansicht zu sein, ich hätte was unternehmen sollen. Seine Mutter – die alte, zahnlose Ca'bi – jagte mich weg, sobald sie mich sah, und so dauerte mein Besuch nicht lange. Sie war eine richtige alte Hexe.

Ein, zwei Tage lang wurde im Dorf geflüstert, aber nichts passierte. Wäre Jeffol nicht Christ gewesen, hätte es möglicherweise Ärger gegeben; aber die meisten Moros nahmen ihm seinen Glaubensabfall übel und betrachteten den Verlust von Dinihari schlicht als Strafe. Und diejenigen, die noch Christen waren, waren viel zu brav, um Jeffol zu helfen. Sein Bruder, der *datto*, wusch, was die Sache betraf, seine Hände in Unschuld, was in Ordnung war, denn er hätte sowieso nichts machen können. Zudem mochte er Jeffol nicht besonders – war immer ein bißchen neidisch auf ihn gewesen –, und er kam zu dem Schluß, daß Jeffol, als er auf Bitten des Missionars das Mädchen aufgab, seine Besitzrechte abgetreten hatte, und daß sie bei Levison bleiben könne, wenn sie wolle. Offenbar wollte sie das tatsächlich.

Langworthy begab sich zu Levison. Ich erfuhr es wenige Minuten später und paddelte wie verrückt zu dem Haus hinaus. Sollte der Missionar eins übergebraten kriegen, wollte ich das sehen. Ich mochte den Mann nicht. Aber es war zu spät. Er trat aus dem Haus, als ich gerade ankam, und hinkte ein bißchen. Ich kam nie dahinter, was passiert war. Ich fragte Levison danach, aber wenn der wirklich alles gemacht hätte, was er mir erzählte, hätte der Missionar den Schauplatz nicht stehend verlassen.

Jeffols Glauben an das Christentum als Ersatz für sein *anting-anting* muß durch dieses neue Mißgeschick einen Knacks bekommen haben, dennoch gelang es Langworthy, ihn bei der Stange zu halten, auch wenn er Tag und Nacht daran zu arbeiten hatte. Sie waren die ganze Zeit zusammen – Langworthy normalerweise redend, Jeffol finster blickend.

»Jeffol ist wieder auf den Beinen«, berichtete ich Levison eines Tages. »Paß am besten auf dich auf. Er ist gerissen, und er hat gutes Piratenblut in seinen Adern.«

»Zur Hölle mit seinem Piratenblut!« sagte Levison. »Von seiner Sorte schaff ich ein Dutzend.«

Ich ließ es dabei bewenden.

Es waren damals schöne Tage in dem Haus da draußen auf der Landspitze. Das Mädchen war ein braunes Bündel Glück. Sie betete ihr großes, mit Haaren bedecktes Tier von einem Mann an, machte einen Gott aus ihm. Sie betrachtete ihn Stunden um Stunden mit schwarzen Augen, in denen Hallelujahs sangen. Schlief er, wenn ich zu ihnen hinauskam, dann benutzte sie das Wort *beradu*, um es mir mitzuteilen – ein heiliges Wort für den Schlaf von Königen.

Levison, überwältigt von dieser Bewunderung, die größer war als er, wurde ganze Tage hintereinander geradezu milde und abgeklärt; und selbst wenn er ab und zu wieder in seine normale Bösartigkeit zurückfiel, war er zu ihr nicht grausamer, als es auch ein Moro gewesen wäre. Und es gab Momente, da wurde er fast zu dem, wofür sie ihn hielt. Ich erinnere mich an einen Abend: Wir waren alle drei ziemlich betrunken – Levison und ich von Gin, das Mädchen, schlimmer als wir beide, von Liebe. Sie hatte die Arme nach oben gestreckt und ihre braunen Fäuste in seinem Bart vergraben, eine Angewohnheit, die sie sehr mochte.

»Halt dich fest!« rief er, kickte seinen Stuhl beiseite und stand auf.

Er richtete den Kopf auf, womit er sie vom Boden hochhob, drehte sich herum und wirbelte sie durch die Luft wie ein Kind, das an einem Maibaum schaukelt. Verrückt, mag sein. Aber in dem gelben Lampenlicht – er mit seiner Hakennase und dem lachenden roten Mund über dem schwarzen Bart, an den sich ihre Fäuste klammerten, sie mit ihrem geschmeidigen, braunen Körper, der in einem Auf und Ab aus buntem Sarong und Mieder durch die Luft schwebte – war etwas Wildes und Herrliches um sie. Er war in diesem Augenblick ein wahrer Riese.

Aber es ist schwierig für mich, ihn mir so in Erinnerung zu rufen: das letzte Bild von ihm ist das, das sich mir eingeprägt hat. Ich sah es am Abend von Jeffols zweitem Besuch.

Er kam spät, platzte durch die Tür herein, einen nagelneuen Militärcolt in der einen Hand und einen Kris in der anderen. Hinter ihm her trottete die alte Ca'bi, seine Mutter, gefolgt von Jokanain mit der gebrochenen Nase und einem miesen, kleinen Gnom namens Unga. Die Alte trug ein Bündel von irgendwas, das in Nipablätter eingewickelt war. Jokanain schwenkte ein schweres *barong*, und Unga hatte eine uralte Donnerbüchse in der Hand.

Ich fuhr hoch von meinem Platz, wo ich mit gekreuzten Beinen am Boden gesessen hatte.

Unga richtete die Donnerbüchse auf mich. *»Diam dùdok!«*

Ich rührte mich nicht. Donnerbüchsen sind tückisch, und Unga hatte drei Nächte zuvor zwölf mexikanische Dollar an mich verloren.

Levison war aufgesprungen, doch dann blieb er stehen. Der Colt in Jeffols Hand war zu groß und zu ruhig auf ihn gerichtet, als daß selbst so ein Monster wie Levison nach ihm hätte hechten können. Dinihari war die einzige von uns, die sich bewegte. Sie warf sich zwischen Jeffol und Levison, aber der Moro schob sie mit seinem linken Arm aus dem Weg, ohne den Blick oder die Waffe von dem Haarigen zu wenden.

Die alte Ca'bi humpelte durch den Raum und spähte in jedes der anderen Zimmer.

»Mari«, krächzte sie von der Schlafzimmertür herüber.

Schritt für Schritt trieb Jeffol Levison durch das Zimmer und durch diese Tür. Ca'bi ging mit ihnen hinein. Die Tür schloß sich, und Unga, der mich mit der Donnerbüchse in Schach hielt, lehnte seinen Rücken dagegen.

Dinihari sprang auf und sauste auf ihn zu. Jokanain packte sie von hinten und schmiß sie in ihre Ecke zurück. Hinter der Tür stieß Levison brüllend Flüche aus. Ca'bis Stimme schnatterte erregt Flüche als Erwiderung wie auch Befehle an ihren Sohn. Fesseln *(ikat)* und nackt *(telanjang)* waren die einzigen Worte, die ich aus dem Lärm aufschnappte. Dann verfiel Levisons Stimme erstickt in Schweigen.

In unserem Zimmer rührte sich nichts. Dinihari saß still in ihrer Ecke und starrte auf ihre Füße. Unga und Jokanain waren zwei bedrohliche Statuen vor der Tür. Das Geschnatter von Flughunden, die in den Pappeln ihr Wesen trieben, und das Rascheln von Stroh in der leichten Brise, die gesättigt war vom Gestank dörrenden *tripangs,* war das einzige, was man hören konnte.

Ich hatte das komische Gefühl, in der Falle zu sitzen. Der Moro ist ein schlichtes Kind der Natur. Wenn er sich in einer Situation befindet, in der er töten kann, dann tötet er gewöhnlich. Zu was, so denkt er sich, ist die Kraft sonst nutze? Es ist eine Art instinktives Gefühl für Ökonomie. Ich hatte den Verdacht, daß Levison, geknebelt, nach Moro-Art in sehr kleine Stückchen zerschnitten werde; und während mein Tod wahrscheinlich weniger umständlich wäre, zweifelte ich nicht, daß auch er durchaus drin war. Man lebt nicht lange unter den Moros, wenn man sie mal die Oberhand über einen gewinnen läßt. Wenn nicht heute abend, dann wird irgendein junger Bursche dich morgen abend niedermetzeln, bloß weil er weiß, daß er dazu fähig ist.

Eine halbe Stunde oder mehr ging langsamer vorbei, als man das für möglich halten würde. Meine Nerven begannen mir Sorgen zu machen: Angst, die in der aufgehobenen Handlungsfähigkeit der Falle, in der ich saß, die Form von Wut annahm; Ungeduld, das Ende zu sehen und es hinter sich zu bringen.

Ich hatte eine Pistole unter meinem Hemd. Wenn es mir gelänge, sie heimlich rauszuholen und Unga abzuknallen, dann hatte ich eine Chance, mich gegen Jeffol und Jokanain zu wehren. Sollte ich nicht schnell genug sein, würde Unga die Donnerbüchse auf mich abfeuern und mich und die Wand hinter mir in so einem Mischmasch in die Celebes-See hinausfetzen, daß man nicht sagen könnte, was was wäre. Aber selbst das war besser, als abzutreten, ohne zu versuchen, jemanden mit auf die Reise zu nehmen.

Es war noch Gin in der Flasche neben mir, und es würde den Abschied leichter machen, wenn ich ihn zu mir nehmen könnte. Ich versuchte es mit einer sich langsam ausstreckenden Hand. Unga sagte nichts, und ich ergriff die Flasche und nahm einen langen Zug, ließ mir aber noch einen übrig –

einen Schluck auf den Weg, könnte man sagen. Als ich die Flasche absetzte, trappelten im Nebenzimmer Füße, und die alte Ca'bi quetschte sich durch die Tür, und ihr Mund erstreckte sich in einem teuflischen Grinsen von einem Ohr zum anderen.

»Panggil orang-orang«, befahl sie Jokanain, und er ging hinaus.

Ich kippte mir den letzten Gin in den Hals. Falls ich was unternehmen wollte, mußte es geschehen, ehe das übrige Dorf aufkreuzte. Ich stellte die leere Flasche ab und kratzte mich am Kinn, was meine rechte Hand in bemerkenswerte Nähe zu meiner Pistole brachte.

Dann brüllte Levison plötzlich los wie ein verrückt gewordener Bulle – ein Gebrüll, das die Dielenbretter in ihren Rattanseilen zum Klappern brachte. Jeffol, ohne seinen Colt, kam rückwärts aus der Tür getaumelt, womit er Unga aus der Fassung brachte. Die Donnerbüchse ging los und sprengte ein großes Loch in das Dach. In dem Durcheinander zog ich meinen Revolver – und ließ ihn beinahe fallen.

Levison stand in der Tür – aber du liebe Güte!

Er war so groß wie immer – sie hatten ihm nichts weggeschnippelt –, aber er war nackt und ohne ein einziges Haar am ganzen Körper. Wo seine Haut von den Fesselmalen nicht blau war, war sie babyrosa und wund. Sie hatten ihn völlig blankrasiert.

Mein Blick wanderte hinauf zu seinem Kopf, und ich bekam noch einen Schock. Jedes Haar war ihm weggeschabt oder ausgerissen worden, sogar seine Augenbrauen, und sein nackter Kopf saß wie ein Pickel auf seinem riesenhaften Körper. Er besaß nicht mehr ein Viertel seines früheren Umfangs. Es war gerade noch so viel da, daß seine große Hakennase und seine Ohren Platz hatten, die wie Palmblätter abstanden, da sie durch das Haar keinen Halt mehr hatten. Unter seinem schlaffen Mund war sein Kinn nichts als eine abfallende Schräge bis zu seinem stämmigen Hals, und das verdammte Ding bebte, als gehörte es einem mißhandelten Baby. Seine Augen, jetzt nicht mehr von struppigen Brauen überwachsen, waren weich und glupschig. Ein Gorilla mit einem Mäusekopf würde nicht komischer ausgesehen haben als Levison ohne seine Haare; und der Zorn, der ihn dunkelrot färbte, ließ ihn noch dämlicher wirken. Kein Wunder, daß er sich hinter einem Bart versteckt hatte!

Dinihari fing als erste an zu lachen – ein silberhelles Läuten reinen Ergötzens. Dann lachte ich, dann Unga und Jeffol. Aber es war nicht unser Gelächter, was Levison fertigmachte. Wir hätten ihn damit wahrscheinlich nur dazu angestachelt, uns umzubringen. Die alte Ca'bi brachte das Faß zum Überlaufen. Das Gelächter einer alten Frau ist etwas, gegen das man nur noch beten kann, und Ca'bi war sehr alt.

Sie zeigte mit einem Finger auf Levison und kreischte ihn mit einer Schadenfreude an, die teuflisch war. Ihre verschrumpelten zahnlosen Kiefer wanden sich in ihrem offenen Mund, als krümmten sie sich vor Heiterkeit vor sich selber, ihr magerer Hals blähte sich auf, und sie hüpfte auf ihren knochigen Füßen auf und nieder. Levison vergaß uns andere, wandte sich ihr zu und erstarrte. Ihr dünner Körper schüttelte sich in rasendem Spott, und sie lachte mit einer Stimme, wie es Leute, die alle Sinne beisammen haben, nicht tun. Man konnte sie fast sehen – metallene Peitschenhiebe aus Gelächter, die sich um Levisons nackten Körper schlangen, ihn in rohe Streifen schnitten und seine Muskeln lähmten.

(erstmals in: »Sunset Magazine«, März 1925, unter dem Titel »Ber-Bulu«)

Albert Pastor kommt nach Hause

Lefty kommt rein, läßt seinen Koffer fallen, schließt die Tür mit einem Fußtritt und sagt: »Wie geht's, Kleiner?«

Ich stehe auf, um ihm die Hand zu geben, und sage: »Wie geht's denn, Lefty?« und sehe, er hat ein Veilchen, das heißt ein blaues Auge, das vielleicht eine Woche alt ist, und etwas neue Haut wächst neben seinem Kinn. Ich bin zu höflich, um auf so was zu starren. Ich frage: »Na, wie haste denn deine alte Heimatstadt gefunden?«

»Ich habe einfach hinter dem Eisenbahndepot nachgesehen, und da war sie«, erwiderte er scherzend. »Haste was in der unteren Schublade?«

In der unteren Schublade steht eine Flasche Scotch. Lefty sagt, es ist kein guter Scotch, weil er nicht möchte, daß jemand denkt, er könnte mit Stoff, der in diesem Land hergestellt wurde, reingelegt werden, aber er trinkt ihn so, daß die Gefühle des Menschen, der ihn wo auch immer zusammengebraut haben mag, würde er Lefty dabei beobachten, nicht verletzt würden.

Er knöpft seine Weste auf und sagt: »Kleiner, ich muß dir sagen, es war 'ne klasse Reise. Dieser Großstadtkram hier ist okay, aber wenn du in den Ort zurückkommst, wo du geboren wurdest, und zu den Jungs, mit denen du rumgerannt bist, und zu deiner Familie – hör mal, Kleiner, ich hab 'n Bruder, der noch keine achtzehn ist, den solltest du mal sehen. Stark wie ich, bis aufs Gewicht und 'n paar Zentimeter Größe, und der schlägt vielleicht 'n Händchen. Wenn wir morgens unten im Keller die Handschuhe anziehen – was für ein Kerlchen, Kleiner! Selbst wenn ich in Form wäre, würde ich Mühe haben, ihn zu halten. Den solltest mal sehen, Kleiner.«

Ich denke, jetzt wäre der richtige Moment, auf die Dinge in Leftys Gesicht zu sprechen zu kommen, deshalb sage ich: »Gern. Warum bringste ihn nich mal mit? Jeder Junge, der so an deinen Ponem rankommt, sollte –«

Lefty berührt mit einer Hand das Auge, das in nicht so gutem Zustand ist wie das andere, und sagt: »Das is nicht von ihm. Das is –« Er lacht, nimmt die Hand wieder herunter, holt ein Schmuckkästchen aus seiner Jackentasche und reicht es mir. »Sieh dir das mal an.«

In der Schachtel liegt eine Uhr, die wie aus Platin aussieht und an einer Kette hängt, die ebenfalls wie aus Platin aussieht.

Ich glaube, es ist Platin.

Lefty sagt: »Lies, was draufsteht.«

Auf der Rückseite der Uhr steht *Für Albert Pastor* (so schreibt Lefty seinen Namen, wenn er das muß), *mit Dank von den Mitgliedern der Schutzvereinigung der Lebensmittelhändler*.

»Schutzvereinigung der Lebensmittelhändler«, sage ich langsam, »das klingt wie –«

»'ne Erpressung!« beendet er den Satz für mich und lacht und haut mit der Hand auf meinen Schreibtisch. »Nenn mich einen Lügner, wenn du willst, aber da in meiner Heimatstadt, diesem kleinen Städtchen mit noch nicht mal 'ner Viertelmillion Menschen – aber versteh mich richtig, trotzdem 'n klasse Städtchen –, da gibt's vielleicht Gangster!«

Ich würde Lefty nie einen Lügner nennen, selbst wenn ich der Meinung wäre, er ist einer, weil er Weltmeister im Schwergewicht geworden wäre, ehe er den Ring verließ und bei mir ins Geschäft einstieg, hätte es nicht Regeln gegeben, an die man sich im Ring zu halten hat, und hätte er nicht damals schon dieses Temperament gehabt, das ihn unausgesetzt vergessen ließ, daß es diese Regeln gibt, nach denen man kämpfen muß. Deshalb sage ich: »Ist das so?«

Lefty sagt, das ist so. Er sagt: »Man hätte mir mit der Staatsanwaltschaft eins reinwürgen können. Großstadtkram auch da! Ist das nich 'n Witz? Und mei'm Alten werden zusammen mit allen anderen die Daumenschrauben angesetzt.« Er greift nach der Flasche mit dem Scotch, der, wie er sagt, nicht gut ist.

»Dein Alter ist Lebensmittelhändler?« frage ich.

»Hm-hm, und er wollte immer, daß ich in seine

Fußstapfen trete«, sagt Lefty, »und das ist der wahre Grund, warum er mit meiner Boxkarriere nichts anfangen konnte. Aber das is jetzt okay – jetzt, wo ich mich aus der Arena zurückgezogen habe. Er is 'n prima alter Knabe, wenn man alt genug ist, um ihn zu begreifen, und wir kommen gut miteinander aus. Ich habe ihm 'ne Limousine geschenkt, und du solltest mal sehen, was für 'n Theater er darum macht. Du würdest denken, es wär 'n Duesenberg.«

»War's einer?« frage ich.

Lefty sagt: »Nein, aber du würdest denken, es wär 'n Rolls, so ein Theater macht er darum. Tja also, ich bin 'n paar Tage dort, da erzählt er von diesen Dreckskerlen, die die Lebensmittelhändler in der ganzen Stadt unter Druck setzen – tritt der Schutzvereinigung bei, sonst, und auf das Sonst lassen sich nicht viele ein. Es scheint, der Lebensmittelhandel läuft von alleine überhaupt nicht sehr gut, und das Schutzgeld, das sie an diese Dreckskerle zahlen, hilft kein Stück. Der Alte ist irgendwie beunruhigt.

Ich sage zu ihm kein Wort, sondern gehe alleine weg und denke 'n bißchen nach, und ich denke, wie wär's, wenn ich diesen Typen 'n Besuch mache und sie frage, ob sie auf die Vernunft hören wollen oder ob ich mich mal mit ihnen befassen soll? Ich kann nichts Falsches an dieser Idee entdecken. Du etwa?«

»Nein, Lefty«, sage ich, »kann ich nicht.«

»Tja, ich auch nicht«, sagt Lefty, »und ich mach's, und sie meinen, sie möchten nicht auf die Vernunft hören. Es sind zwei von denen im Büro von der Schutzvereinigung, als ich da ankomme – ungefähr, was ich erwartet hatte –, sie kennen die Worte, aber sie kriegen die Bewegungen noch nich richtig hin. Nach 'ner Weile kommt noch 'n dritter dazu, aber ich bin mittlerweile gut in Fahrt, und von ein paar von den Möbeln haben sich nette handliche Stücke gelöst, ich komme also fabelhaft zurecht, und der Alte und 'n paar von den andern tun sich zusammen und kaufen mir diesen Wekker hier von 'nem Teil der Gebühren, die sie im nächsten Monat hätten zahlen müssen, wenn's noch 'ne Schutzvereinigung gegeben hätte.«

Er legt die Uhr samt Kette in die Schachtel zurück und steckt sie wieder vorsichtig in seine Tasche. »Und wie steht's mit den Piepen von *deinem* Vater?« fragt er.

Ich nehme den Umschlag mit dem Geld aus meiner Tasche und gebe es ihm. »Hier ist dein Anteil«, sage ich, »bloß der von Caresse is nich drin. Du weißt schon – dieser kleine fette Kerl drüben von der Third Avenue.«

»Ich kenne ihn«, sagt Lefty. »Was is mit ihm?«

»Er sagt, er hat für seinen Schutz so viel bezahlt, daß er nichts mehr hat, was beschützt werden muß«, sage ich, »und er will die Unterstützung nich mehr in Anspruch nehmen.«

Lefty sagt: »Ach?« Er sagt: »Das ist die Art, wie

diese Typen meinen, sich aufführen zu dürfen, kaum habe ich mal die Stadt verlassen.« Er steht auf und knöpft sich die Weste zu. »Naja«, sagt er, »ich mach dem Kerl wohl mal 'n Besuch und frage ihn, ob er auf die Vernunft hören will oder ob ich mich mit ihm mal befassen muß.«

(erstmals in: »Esquire«, Herbst 1933)